ESPERANDO POR MIM

por Wesley Costa

Esta é uma obra de ficção. Salvo indicação em contrário, todos os nomes, personagens, negócios, lugares, eventos e incidentes deste livro são ou produto da imaginação do autor ou utilizados de forma fictícia. Qualquer semelhança com pessoas reais, vivas ou mortas, ou eventos reais, é puramente coincidência.

Sobre o Autor

Wesley Costa, nasceu em março de 1972, nome de nascimento Luiz *Wesley* da Cruz *Costa*, adotou o nome Wesley Costa quando iniciou sua carreira em 1988, atuando como Instrutor de Informática, em pouco tempo passou a coordenador de equipe, e depois a Gerente de CPD.

Algum tempo depois, quando finalmente enfrentou um grupo real de profissionais totalmente afundados em desânimos e cheios de problemas para serem resolvidos, deu-se conta de que tinha encontrado a sua vocação, e passou a atuar como Líder de equipe e Consultor de Soluções onde influenciava diretamente grandes clientes.

Wesley também foi diretor de TI durante o período de 1997 a 2000 na Digital Tecnologia

Modernizou o Departamento de Tecnologia de diversas empresas, em seguimentos de mercados dos mais variados.

Gerenciou o Departamento de Operações da Net Service (RJNET), atuando na reestruturação do Departamento. Criador do algoritmo que deu origem ao teste de velocidade mais famoso do Brasil, o teste de velocidade da RJNET.

Gerenciamento do Departamento de TI da Empresa Israelense Gilat to Home e Gilat Brasil por 2 anos.

Com perfil empreendedor, administrativo, técnico e de liderança, nos últimos anos participou ativamente da criação e fundação de unidades de negócios e empresas "startups" , como a World Zone Tecnologia e a área de Tecnologia da XSOL Soluções Tecnológicas, importante participação desde o plano de negócios, pré-venda, preparação/apresentação da proposta, desenvolvimento, implementação, operação e pós-venda de projetos para os mais diversos segmentos do mercado.

Wesley é um profissional com mais de duas décadas em participação e atuação na área de Tecnologia da Informação, ampla experiência em dirigir, gerir equipes e sistemas na área de Tecnologia da Informação e Administração Geral, promovendo maior agilidade, racionalidade, produtividade, qualidade, redução de custos e aumento de resultados, sendo essa a sua marca registrada.

Extremamente experiente na gestão de projetos de grande complexidade, foi membro da equipe de gestão do Projeto GESAC, além de ter participado em diversos outros projetos onde o desenvolvimento ágil de Sistemas, Implantação de Pacotes Corporativos (ERP/CRM/SCM/BI), Revisão de Arquitetura Tecnológica, Gestão de Infraestrutura, Help Desk Corporativo, Gestão de Data Center, Cloud pública/privada, Gestão de Contratos e SLAs trouxeram resultados positivos para os negócios.
Líder responsável pela implantação e treinamento da equipe de pequeno varejo da Chocolates Garoto S/A, na implantação do Sistema SAP R3.

Nos últimos 20 anos participa do processo de transformação digital e inovação do mercado Brasileiro, principalmente no Rio de Janeiro e São Paulo, atuando como CIO na área de Gestão de Tecnologia, Arquitetura, Integração, Devops, Plataformas Cloud, Sistemas Corporativos (ERP/CRM/SCM), Infraestrutura e Serviços de Tecnologia. Membro do comitê de tecnologia da PortuZONE em Braga Portugal, Fundador e Presidente das Empresas WCS Technology Inc. e da DisaTEC Cloud Tecnologia Ltda, Colunista dos Portais de Tecnologia Profissionais TI e TI Livre e com diversos artigos publicados no LinkedIn.

Wesley vive em Lisboa.

ÍNDICE

O amor vai além das fronteiras do pensamento e acontece em cada ato que fazemos, em cada gesto.

A felicidade é isso, pequenos momentos, pequenos gestos, a certeza da parceria, do companheirismo, do carinho e do afeto.

CAPÍTULO 1

"Há sempre alguma loucura no amor.
Mas há sempre um pouco de razão na loucura."
Friedrich Nietzsche

Taís de Souza era conhecida como Thai, ela não podia acreditar que já haviam se passado quase quatro semanas desde que ela havia sido abandonada sem cerimônias por André Martins, seu namorado de dois anos. Durante dezoito meses eles haviam vivido juntos em um apartamento misto de estudantes que ficava bem próximo da UFS (Universidade Federal de Sergipe)e, no que diz respeito a Thai, eles estariam juntos até o final do ano universitário, quando ambos, espera-se, se formariam: Thai em Estudos Empresariais e André em Engenharia Civil. Thai esperava que ambos conseguissem empregos na mesma área para que pudessem continuar a viver juntos. Portanto, foi um grande choque quando André lhe disse que iria morar com outra garota nas últimas semanas do período.

Thai suplicou-lhe que ficasse, mas ele foi inflexível. A nova garota tinha um pai rico que era gerente sênior de uma empresa de engenharia civil. Era uma oportunidade que ele não ia perder. E como tiro final de despedida, ele lhe disse que a nova garota era muito mais aventureira na cama e fez tudo o que ele queria que ela fizesse sem esperar nada em troca.

Thai ficou arrasada. Ela achou que ambos estavam mais do que satisfeitos com sua vida sexual. Ela estava apaixonada por ele. Ele foi seu primeiro verdadeiro amor, embora não tenha sido seu primeiro amante. Ele garantiu que ela tivesse um orgasmo na maioria das vezes, mesmo que isso fosse conseguido manualmente depois que ele tivesse tido o dele. Como ela iria superar o resto do período, ela se perguntava? Teria ela perdido algum sinal de que ele estava infeliz com ela? Ela não conseguia pensar em nada. Onde ele tinha conhecido essa outra garota? E há quanto tempo ele a via?

Era uma noite de quinta-feira quando ele deu a notícia devastadora. Ela ficou na cama no dia seguinte e faltou a duas aulas. Ela pegaria emprestado as anotações de uma de suas amigas para pôr em dia a matéria. Ela pensou em ligar dizendo que estava doente para o trabalho de garçonete na sexta à noite no restaurante DI VINO, mas ela precisava do dinheiro ainda mais agora que André não estaria contribuindo com o aluguel. Tinha havido agitação suficiente antes de suas provas finais; ela não acrescentaria a busca de novas acomodações e a mudança para essa lista.

Naquela noite, ela trabalhou no piloto automático. Ela era boa no serviço de atendimento que se esperava no DI VINO e conseguia sorrir para os convidados na hora certa. Depois, ela não conseguia se lembrar de um único jantar que ela tinha servido. Ela se apresentou de forma semelhante na noite seguinte. Em ambas as noites, ela chorou incontrolavelmente ao chegar em casa. Sua dor diminuiu gradualmente ao longo das três semanas seguintes, embora ela tenha vacilado um pouco quando foi solicitada a fazer um turno extra no Dia dos Namorados. Ver tantos casais felizes foi difícil.

Ela não esperava nada de especial em seu turno de sexta-feira, 12 de junho, e estava quase animada ao entrar na sala de jantar. E então ela parou. Em uma mesa no canto estava André e uma garota, provavelmente sua nova namorada. Ela era razoavelmente bonita, mas não muito atraente, e ficava tocando seu braço enquanto falava e ele sorria para ela o tempo todo. Ele sabia que Thai trabalhava no restaurante às sextas e sábados, mas normalmente não tinha dinheiro para comer lá. Presumivelmente, sua namorada estava pagando. Ele escolheu este restaurante em particular para esfregar no seu nariz? Ela não colocaria isso além dele. Por favor, não me deixe ser designada para sua mesa, ela implorou silenciosamente. Quase imediatamente sua oração foi atendida e ela foi designada a mesas do outro lado da sala. Nessa fase, havia poucos comensais presentes, mas haviam várias mesas com cartões 'Reservados'. Um era para uma mesa de oito. Thai não gostava de grandes números em uma mesa; geralmente havia menos gorjetas.

Nos minutos seguintes, três das mesas 'reservadas' estavam ocupadas e ela ocupada recebendo pedidos. A comida tinha acabado de ser servida para essas três mesas quando o grupo de oito chegou. Thai ficou surpreso. Ela reconheceu um da festa. Ele era um homem de frente em ascensão para um grupo chamado 6Hands. Eles haviam se apresentado na universidade em outubro e eram bons. Ley Cooper era o único da boy band '6Hands' presente e ela não conhecia nenhum dos outros convidados. Seu coração começou a bater forte. Ela nunca tinha estado tão perto de uma celebridade antes e agora era esperado que recebesse seu pedido e o atendesse.

Quando ela se aproximou da mesa, ele sorriu para ela. "Sempre torna a refeição melhor quando a garçonete é atraente", disse Ley ao resto da mesa. "Então, acho que vamos ter uma ótima refeição esta noite." Ley tinha insinuado que ela era atraente. Isso aumentou seu ego. Oh, ela gostaria que André pudesse ter ouvido isso e visto o sorriso que ela devolveu a Ley. Ele perguntou o que ela recomendou do menu desta noite. Infelizmente ela não tinha provado nenhuma das refeições, mas disse que o chef era fantástico e tinha certeza de que qualquer uma das refeições seria saborosa.

"Alguma chance de você estar no menu?" um dos outros perguntou, mas Ley disse-lhe para não ser grosseiro e pediu desculpas a ela em seu nome. Fizeram uma refeição tranquila com três pratos e era pouco depois das dez e meia quando partiram. Quando Ley estava saindo, ele deu a Thai uma nota de R$ 200 reais como gorjeta. Enquanto a colocava no bolso, percebeu que havia um pedaço menor de papel e dentro do bilhete dobrado. Ela leu e corou. 'quarto 707, 11h15? Bata uma vez ', dizia. Ele estava propondo a ela. Ela iria? Ela sempre pensou mal de groupies que seguiam bandas e dormiam com elas, se pudessem. Mas ela nunca tinha estado tão vulnerável como então. Seria apenas uma noite. A banda iria se apresentar no sábado à noite e depois se mudaria para outro lugar (ela não conseguia se lembrar onde) para a próxima apresentação. Ley disse que ela era muito atraente. Ele a fez se sentir bem ao longo da noite. Ela pensou em André. Ele voltaria a fazer sexo com uma garota que nunca poderia ser descrita como bastante atraente. Seria algo com que ela poderia sonhar por meses se ela fizesse sexo com Ley.

CAPÍTULO 2

"Não há ninguém, mesmo sem cultura,
que não se torne poeta quando o amor toma conta dele."
Platão

Às onze e quinze ela bateu nervosamente uma vez na porta do quarto 707. Ela se abriu imediatamente e Ley a recebeu. "Você veio", ele declarou surpreso. "Eu não tinha certeza de que você viria".

"Você me convidou", respondeu Thai, ainda nervoso,

"Por que você acha que eu fiz isso?" Ele levantou uma sobrancelha e sorriu.

"Você queria fazer sexo comigo?" ela sussurrou, não olhando para ele.

"Não, sexo não", ele acrescentou sorrindo. Ela estava confusa; por que então ele a havia convidado? "Eu não a considero como se fosse uma fã. Não sei por que, mas eu acho que você é especial. Eu quero fazer amor com você. Há uma diferença - uma grande diferença. Mas eu quero conhecê-la muito mais antes. Se fosse apenas sexo, eu não me importaria se não soubesse nada sobre você. Por favor, lembre-se - você é livre para sair quando quiser".

Por que ele pensaria que ela é especial? E qual era a diferença entre "fazer amor" e apenas fazer sexo? Será que ele disse isso a todas as mulheres que convidou para seu quarto? E mesmo assim ele parecia sincero. Ela estava confusa.

Por alguns segundos, nada foi dito. "Você parece nervosa e mesmo assim aceitou meu convite. Por quê?".
"Eu nunca fiz isso antes. Fui para o quarto de um homem". Eu não sou uma fã".

"Se eu pensasse que você fosse eu não a teria convidado". Por favor, sente-se". Ela se sentou em uma cadeira, ainda nervosa, mas reconfortada por sua cortesia. "Então por que você veio?" Ele pareceu intrigado. Ele se sentou no sofá da sala e a convidou para sentar-se ao seu lado.

"É realmente uma bobagem. Meu namorado me deixou há um mês e ele apareceu no restaurante com sua nova namorada esta noite. Felizmente, no outro extremo do salão. Eu não tinha ciúmes dela; ela é bastante atraente, mas ele não me deixou por sua aparência, mas porque seu pai pode lhe oferecer um emprego decente depois que ele se formar. Quando você fez seu comentário quando chegou, foi exatamente o impulso que eu precisava para o meu ego. Quando li sua nota, ela impulsionou ainda mais meu ego. Eu poderia estar fazendo sexo com uma pessoa muito mais bonita do que meu ex estaria fazendo com sua nova parceira".

"Teria importado quem era o homem se ela o considerasse atraente"?

"Não posso realmente dizer se eu teria ido ao quarto de qualquer homem; provavelmente não. Eu tinha visto sua banda em outubro e gostei muito da banda. Eu soube quem você era imediatamente. Além disso, apreciei sua intervenção quando alguém perguntou se eu estava no cardápio. Teria me sentido estranha se você não tivesse feito o que fez".

"Então, eu era um cavaleiro de armadura brilhante por dois motivos..." ele sorriu. "Talvez eu faça amor com você duas vezes". Ele se aproximou dela e colocou seu braço em volta de seus ombros. Ela tremeu um pouco. "Se você não está à vontade com nada do que eu faço, por favor me diga. Não quero que você sinta nada além de prazer enquanto estiver comigo".

"Como eu disse. Eu nunca fiz nada assim antes. Não sei o que esperar ou como me comportar". Mas você não fez nada que me fizesse sentir desconfortável".

"Bom". Agora me fale sobre você".
"Tais como..."

"Quem você é, o que você gosta, você gosta de ser garçonete? Qualquer coisa que faça de você quem você é".

"Meu nome é Taís de Souza e tenho vinte e um anos, meus amigos me chamam de Thai". Estou em meu último ano na universidade e me formei este ano em Estudos Empresariais. Não tenho pretensão em ficar entre as primeiras da minha turma, mas, espero, estar entre as 10 melhores notas. Estive com André, que é meu ex, por pouco mais de dois anos e moramos juntos nos últimos dezoito meses. Como expliquei, ele me deixou há um mês. Meus pais estão vivos e separados, não gosto muito de falar do meu Pai, e minha mãe tem horas que me tira do sério, e também não gosto de falar muito sobre isso. Eu tenho um irmão mais velho e outras duas irmãs, uma está cursando enfermagem. Eu acabo sendo o cérebro da família".

"Isso é um bom começo. Mas não se venda com pouco. Tenho a impressão de que você também é muito inteligente.

Bonita e inteligente. Essa é uma boa combinação. O que você gosta de fazer"?

"Eu gosto de ouvir música. Tenho um amplo gosto. Gosto particularmente de ir ver bandas ao vivo, mas com uma mesada miserável de estudante não consigo fazer isso com tanta frequência, eu faço de serviços de garçonete para complementar minha renda e manter meu empréstimo o mais baixo possível. Na maioria das vezes, eu gosto. Eu gosto de conhecer pessoas. Todos os tipos de pessoas, embora os preços aqui tornem a clientela mais próspera. "

"O que você vai fazer quando se formar?"

"Arranjar um emprego. O que mais? Estou preparada para me mudar para qualquer lugar onde eu possa conseguir um emprego".

"E o futuro? O casamento? Uma família?"

"Não por alguns anos. Eu quero ver a vida um pouco antes. Fazer algumas viagens. O que me faz lembrar. Você vai usar camisinha, não vai?"

"É claro. E você usa algum outro contraceptivo?"
"Eu tomo pílulas". Thai ficou surpreso como foi fácil falar com ele sobre assuntos íntimos. Ela gostava dele; gostava muito dele e percebeu que estava ansiosa para que ele fizesse amor com ela".

"Muito sensato. Você se importaria se eu te beijasse"? Ela balançou a cabeça e ele a segurou enquanto ele a beijava gentilmente. Ele colocou sua língua nos lábios dela e sua boca se abriu para deixá-lo entrar. Parecia tão delicado. André parecia considerá-la como uma língua lutando, mas com Ley, era uma língua dançando. Por causa disso, era mais erótico. Enquanto eles se beijavam, ele movia uma mão para o peito dela. Mais uma vez, foi gentil, mas seus mamilos responderam tão rapidamente quanto ao manuseio mais urgente e rude de André. Ela começou a perceber a pouca experiência que realmente tinha com outros homens. Ela deveria parar de comparar Ley com os poucos outros amantes que ela tinha tido. Apenas aproveitar porque era realmente agradável, ela disse a si mesma.

Ley não fez nada rapidamente. Ela se sentiu um tesouro. Quando ele acabou tirando a blusa branca dela, apreciou os peitos pequenos dela envoltos em seu pequeno sutiã rosa. Durante todo o tempo ele a beijava e romanceava a língua dela com mudanças ocasionais para mordiscar sua orelha. Nunca ninguém havia passado tanto tempo nos preliminares e ela agora sabia que havia tanto prazer nos preliminares quanto no próprio ato. Quando ele tirou sua saia, ela ficou apenas com seu sutiã, uma tanga preta e suas meias-calças. Seus sapatos haviam escorregado, mas ela não conseguia se lembrar quando. Apesar de estar quase nua, ela se sentia acarinhada e se divertia com a atenção e os elogios que ele dedicava a cada parte do corpo dela, como foi revelado. Esta foi uma nova experiência que ela gostaria de ter repetido repetidas vezes. Mas será que ela alguma vez encontraria outro homem que a tratasse como se ela fosse o ser mais belo do mundo?

Com o tempo, ele tirou as meias-calças, a tanga e o sutiã dela, elogiando novamente cada parte do corpo recém-descoberto. Ele a beijou dos lábios através de seus seios até o umbigo antes de transferir sua atenção para os pés dela. Seus beijos cobriram primeiro um pé até o joelho dela e depois o outro, antes de começar a se mover do joelho até a coxa interna dela. Ela afastou suas pernas para que ele pudesse beijar entre as pernas dela. André detestava beijá-la ali. Ele fez isso perfunctoriamente, pois queria que ela o deixasse entrar em sua boca. Essa era a sua contrapartida. Ela nunca havia desfrutado de um orgasmo de sopro mental dessa maneira com André, mas estava começando a crescer devido às ministrações de Ley.

Sua língua lambeu os lábios inferiores dela e ousou o mais que pôde dentro dela. E então, ele estava atirando o clitóris dela com sua língua. Ela não conseguia mais conter seu orgasmo e ele a rasgou como um tsunami. Mas isso não foi o fim para ela. Enquanto sugava o clitóris, ele inseriu dois dedos na vagina dela e os moveu para um efeito devastador. Seu primeiro orgasmo mal havia diminuído antes de um segundo começar a inchar e explodir. Como ela poderia sobreviver a tanto prazer? Os orgasmos continuavam estourando e ele ainda se recusava a parar o prazer que ela estava experimentando. Nunca antes ela havia tido orgasmos múltiplos. Nunca antes nenhum homem havia colocado o prazer dela à frente do dele.

Quando ele finalmente subiu no corpo dela, ela estava desesperada para garantir que ele tivesse tanto prazer quanto ela tinha tido. No entanto, ele ainda estava totalmente vestido. "Minha vez", exigiu ela enquanto lutava para desabotar seu cinto e suas calças. Ele a deteve.

"Não há pressa", ele lhe disse gentilmente. "Gostei de tudo o que fiz, como espero que você também tenha gostado. Leve seu tempo e saboreie se divertindo como você me agradou. Não espero dormir muito esta noite, mas espero desfrutar de tudo o que fazemos". Ao tentar copiar tudo o que ele havia feito com ela, ela lentamente o despojou de sua camisa. Os beijos dela cobriram o corpo dele, refletindo seus beijos nela. Foi uma revelação. Nenhum de seus amantes anteriores permitiu que ela tivesse tempo para adorar seus corpos, a não ser seu pênis. Uma vez que ela estava nua, eles pareciam não ver necessidade de mais nada antes da penetração ou da realização de felattio. Ley respondeu amorosamente a cada beijo. Ele apreciou o fato de ela lhe mostrar o quanto queria tornar o tempo deles juntos especial.

Uma vez que ela havia tirado as calças dele, ela podia ver como ele estava excitado. Novamente, seguindo o exemplo dele, ela não tinha pressa de terminar o que eles tinham começado. Quando ele foi finalmente revelado em toda a sua glória, ela apenas teve que beijar a ponta de sua ereção. Ela queria levá-la até o fundo de sua boca e levá-lo a um orgasmo que correspondesse aos que ele lhe havia dado. Foi preciso toda a determinação dela para atrasá-lo em menos de um minuto. Ele não era o maior em comprimento que ela havia visto, mas tinha de longe a maior circunferência. Ele suspirou enquanto ela o levava para dentro de sua boca quente e úmida. Enquanto ela lambia e chupava, ela segurava seus testículos na mão. Eles pareciam grandes e cheios, prontos para liberar uma torrente de esperma. Assim que ela sentiu que ele estava se aproximando de seu orgasmo, ela o liberou e o retardou.

"Seu pequeno minx", ele sorriu para ela, pois mais uma vez ela atrasou sua liberação. "Quando eu chegar, você não saberá o que o atingiu". Sua resposta foi levá-lo à boca dela novamente e sorrir enquanto ela olhava nos olhos dele. Ela ficou satisfeita por ele estar desfrutando da frustração que ela estava causando. Da próxima vez que ela sentiu que ele estava próximo do clímax, ela não parou e ele encheu a boca dela enquanto ele esvaziava seus testículos do conteúdo deles. Ela engoliu o conteúdo enquanto onda após onda enchia sua boca. Quando ele não tinha mais o que dar, ela se moveu para cima da cama e o beijou.

"Você é a mulher mais sexy que eu já conheci. Eu disse que você era especial e você é", disse-lhe ele enquanto a segurava em seus braços. "E eu ainda não fiz amor com você. Oh, esta será uma noite para lembrar".

"Tem sido uma experiência para mim também". Eu nunca engoli de boa vontade antes, mas depois do que você fez por mim, não havia outra maneira de lhe retribuir. Eu o faria de bom grado novamente. Nenhum homem me deu nem a metade do prazer que tive esta noite. Estou tão feliz por não ter me acobardado. Eu quase não vim. No seu quarto, quero dizer".

"Mas você veio", riu ele. "Deixe-me apenas explorar e apreciar seu delicioso corpo enquanto recupero minhas forças para poder fazer amor com você".

Meia hora mais tarde, ele estava novamente rígido. "Eu gostaria que você ficasse por cima primeiro", disse-lhe ele enquanto se deitava de costas. "Quero ver seu rosto quando você vier novamente e espero que venha novamente e novamente". Ela ficou em cima dele e se abaixou sobre a sua ereção. Ela a esticou, mas lentamente ela o acomodou completamente. "Isso sabe bem", disse-lhe ele enquanto suas mãos massajavam gentilmente os seios dela. Lentamente ela se levantou acima dele antes de cair sobre ele. Ele sorriu para o 'Ooh' que escapava cada vez que ela se empalava sobre ele. Ele se levantou e caiu por alguns minutos antes que ela sentisse seu orgasmo aumentar. E ela continuou enquanto isso a ultrapassava; primeiro uma onda, depois uma segunda e finalmente uma terceira.

"Está na hora de mudar de cenário", brincava ele enquanto a fazia ficar em posição de fazer isso em posição de quatro. "Você tem a frente mais maravilhosa, mas uma traseira igualmente linda. E além disso, é hora de fazer um pouco do trabalho". Ele se acalmou dentro dela e se moveu lentamente. Ela sabia o que podia aguentar quando mergulhava sobre ele, mas ele não queria correr o risco de machucá-la. Ela agitava o traseiro enquanto ele a empurrava para dentro dela. Era uma experiência nova e ele podia dizer que ela estava gostando de fazer amor com ela. Quando ela teve outro par de orgasmos, ele a jogou de costas e entrou novamente dentro dela. Ela havia perdido a conta do número de orgasmos que havia tido, mas sentiu que estava na hora de ajudá-lo novamente a alcançar outro.

"Mova-se, grande homem", ela ordenou a ele. "É hora da segunda rodada". Ele protestou que queria gozar em sua boceta apertada e ela prometeu que o faria. Ela descartou a camisinha que ele havia usado e mais uma vez o levou à beira do orgasmo antes de deixá-lo pendurado. A próxima vez que ele se aproximou do orgasmo, ela pegou outro preservativo e o vestiu antes de se posicionar em seu pênis rígido. Em vez de apenas subir e descer, ela se moveu em um movimento circular. Momentos depois, ele encheu a camisinha. Ela nunca tinha feito sexo sem camisinha, mas ela desejou que ela pudesse ter sentido seu sêmen correndo para dentro dela. Foi uma ilusão e teria sido totalmente irresponsável sugerir que eles dispensassem o preservativo na próxima vez. Por tudo que ela sabia, e se ele tivesse uma DST e ela não correria o risco de engravidar. Isso não a impediu de desejar que isso fosse mais do que um caso de uma noite. Se fosse uma ocorrência normal e ela soubesse que ele estava limpo, ela poderia, apenas poderia, se arriscar e senti-lo liberar-se profundamente dentro dela. Ela estava convencida de que seria algo especial.

Depois de apenas abraçar e beijar levemente um ao outro, ele sugeriu que eles deveriam comer algo. Em vinte minutos, o serviço de quarto entregou um prato de sanduíches e um bule de café. Enquanto comiam e bebiam, ele se desculpou porque esta seria sua única noite. Imediatamente após o show naquela noite (agora já passava da meia-noite), a banda subiria no ônibus e seguiria para o próximo local. Depois de uma turnê pelo Brasil, eles partiram para o Reino Unido por três meses, depois para o Oriente Médio, Ásia e Austrália por mais cinco meses, antes de uma turnê de dois meses nos Estados Unidos. Foi uma agenda difícil, mas eles tinham que ganhar e manter fãs em todo o mundo se eles quiserem permanecer no topo.

"Você se arrepende de ser famoso?" ela perguntou.

"Se eu não fosse famoso, você não estaria aqui, então como posso me arrepender? Lembre-se, se você estivesse comigo em todas as minhas viagens, eu seria um desastre em nenhum momento; um naufrágio muito agradável; uma destruição muito feliz. E eu teria escrito mais músicas sobre você do que os Beatles jamais escreveram. "

"Os Beatles nunca escreveram uma música sobre mim."

"Ha Ha Ha Ha", disse ele sarcasticamente. "Eu prometo que a próxima canção que escreverei será sobre você. Eu já tenho uma idéia para uma. Ela se chamará "Esperando por mim" e será um sucesso. Você é minha musa". Ela perguntou como eles decidiram o nome da banda. "Bem, nós somos três homens com cerca de um metro e setenta a um metro e oitenta de altura. Pensamos em 3Men6Feet, mas parecia desajeitado. As pessoas sabiam que éramos homens, então não tínhamos necessidade de tê-lo no título. Tocamos em torno de uma série de alternativas e foi então que escolhemos 6Hands".

"Puro, simples", disse ela. "Eu gosto". Eles conversavam sobre a vida em turnê, a vida universitária e outras coisas até que os sanduíches terminassem e o café esfriasse.

"Eu prometi que faria amor com você duas vezes. É hora de cumprir minha promessa", ele riu enquanto a pegava e a levava para o quarto. Como antes, ele começou muito gentilmente, mas como ela já estava nua, o progresso foi muito mais rápido. Ele não queria deixá-la dolorida (ele havia perguntado e ela disse que ela estava bem) então passou menos tempo nos preliminares e passou rapidamente a fazer amor. Eles escolheram o estilo de quatro à medida que ele alcançava maior atrito e ele sentia que tinha penetrado mais fundo dessa maneira. Como antes, Thai teve orgasmos múltiplos, mas Ley estava chegando muito mais rápido. Ela estava em torno de seu quarto ou quinto orgasmo quando ele alcançou o dele. Ele verificou seu relógio. Era pouco antes das cinco da manhã. Ele sugeriu que eles deveriam dormir um pouco, pois ele tinha um show para realizar no dia seguinte e ela tinha que trabalhar novamente na noite seguinte. Ele não queria que ela deixasse cair as coisas porque ela estava muito cansada.

Eles adormeceram nus, com as mãos em volta dela e segurando um peito cada um.

Ela dormiu como um tronco e ele a despertou pouco antes das nove daquela manhã. Ele tinha ensaios para assistir e ela precisava ir para casa e dormir mais um pouco. Antes de ela sair do quarto dele, ele lhe disse que haveria dois ingressos na bilheteria com o nome dela. O espetáculo começaria às sete e quarenta e cinco. Ele agradeceu a ela por um tempo incrível juntos e esperou que ela tivesse se divertido. "Mais do que você jamais saberá", disse-lhe ela enquanto subia no elevador.

Ela não tinha admitido que estava dorida, mas ela estava - muito dorida. Tinha valido a pena. Ela foi direto para a cama. O sono a iludiu enquanto ela se lembrava em detalhes íntimos do que ele lhe havia feito. Agora ela tinha um padrão pelo qual julgar todos os outros amantes que tinha. Relutantemente, ela admitiu para si mesma que duvidava que qualquer um estivesse perto de lhe dar o prazer que Ley tinha.

Ela deve ter adormecido em algum momento enquanto seu telefone a acordava. Eram quase cinco da noite. Era o gerente do restaurante ligando para dizer que ela não seria necessária naquela noite. Ela estava com sono demais para fazer perguntas e a ligação terminou antes que ela pudesse perguntar por quê. Ela estava prestes a tentar voltar a dormir novamente quando se lembrou que Ley havia dito que haveria dois ingressos para ela naquela noite. Ela ligou para sua melhor amiga, Milla, e lhe disse que tinha dois ingressos; ela queria ir? Milla disse que deveria ter saído com seu namorado. Ela iria para o show e o compensaria no dia seguinte.

Enquanto as duas amigas seguiam para o local do show, Milla estava curiosa em saber como Thai havia adquirido dois ingressos para um espetáculo que estava esgotado há duas semanas. Thai explicou que ela havia sido garçonete na noite anterior e havia visto André e sua nova namorada no restaurante. Ela achou que eles não a haviam visto, mas isso a aborreceu. E então Ley Cooper tinha entrado no restaurante com vários amigos e ela era a garçonete deles. Thai o reconheceu imediatamente e foi atingido temporariamente por uma estrela, mas ele foi muito gentil e amigável. Em algum momento, ela mencionou ter visto André e sua namorada, mas que Ley e seus amigos a haviam animado. Em vez de dar-lhe um autografo, ele lhe disse que deixaria dois ingressos na bilheteria para ela. Ela ainda estava nervosa caso não houvesse nenhum ingresso esperando por ela; afinal, ela era provavelmente uma das muitas mulheres com quem ele havia dormido. Será que ele deu a todas elas ingressos?

Thai aproximou-se da bilheteria com mais confiança do que ela sentia e perguntou se havia algo para ela. Foi-lhe entregue um envelope. Ela e Milla se afastaram da bilheteria e Thai abriu o envelope. Dentro estavam dois bilhetes para a fila da frente, 1500 Reais e uma carta. Dizia ela:

Lembrei-me tarde demais de que você estaria trabalhando esta noite, então tive uma conversa com seu chefe e o convenci a deixá-la ter a noite livre". Como nenhum trabalho equivale a nenhum pagamento e nenhuma gorjeta, por favor, aceite o anexo como compensação. Aproveite o show. Ley.

Isso explicou o telefonema e os 1500 Reais foi muito mais do que ela normalmente ganhava em uma noite de sábado para não ficar perdendo. Ela se perguntava o que seu chefe diria na próxima vez que estivesse no trabalho. Será que ele saberia que ela tinha passado a noite com Ley? Será que ele se importaria ou afetaria seu emprego? Elas se apressaram para seus lugares. Assim que estavam sentados, foram abordados e lhes ofereceram bebidas e comida complementares. Thai tomou café e um cachorro-quente enquanto Milla tomava uma Coca-Cola Diet e um saco de batatas fritas. Assim que a comida e as bebidas foram entregues, o ato de apoio saltou para o palco. Eles eram suportáveis, mas não tinham a qualidade dos 6Hands.

Após vinte minutos, 6Hands subiu ao palco. Ley foi o homem da frente e deu as boas-vindas à multidão, dizendo o quanto estava satisfeito por estar de volta à nossa cidade. "Estamos satisfeitos por ter alguns convidados especiais na plateia esta noite", disse ele a todos. Thai começou a corar esperando que ele não a envergonhasse. "Eles sabem quem são e eu não quero envergonhá-los, apontando-os. Então, vamos continuar com o show".

A banda era brilhante. As músicas foram alguns de seus primeiros sucessos e um par de novos. Após 45 minutos, houve uma pequena pausa. Thai e Milla foram novamente abordados e ofereceram comida e bebida. Felizmente, eles não foram os únicos que receberam tratamento especial, portanto, não se destacaram muito. As pessoas poderiam ter se perguntado se eles eram os "convidados especiais" que Ley havia referido, mas com talvez uma dúzia de pessoas recebendo alimentos e bebidas complementares, era improvável que alguém suspeitasse porque Thai era especial para a banda. Ou para Ley.

A segunda metade começou muito como a primeira metade tinha, exceto por um ato de apoio diferente. Eles foram marginalmente melhores do que o primeiro ato. Thai se perguntava se a escolha do ato de apoio era deliberada. Será que eles eram ruins para fazer o 6Hands parecer ainda melhor em comparação? Thai não pensava assim. Os 6Hands foram ótimos de qualquer forma. As garotas gostaram da apresentação e cansadas voltaram para casa; Thai mais uma vez para sonhar com Ley, e Milla para considerar o que ela teria que fazer para o namorado para compensar a falta de uma noite de sexo. Ela tinha uma boa idéia do que ele iria querer e embora ela não gostasse muito da idéia, ver o show da primeira fila valeu a pena.

Thai havia esquecido completamente que André a havia abandonado. Ela não podia se importar menos. Seu chefe lhe disse que Ley havia oferecido dois ingressos para seus filhos. Foi por isso que ele a havia deixado ter a noite de folga. Nenhuma menção foi feita de que ela passara a noite com Ley.

O resto de seu curso passou rapidamente e com sucesso. Ela recebeu boas notas e conseguiu ficar com a oitava melhor nota, com a qual ela ficou muito satisfeita.

CAPÍTULO 3

"Nada é pequeno no amor.
Quem espera as grandes ocasiões
para provar a sua ternura
não sabe amar."
Laure Conan

2 anos depois.

Já se aproximava o final daquele ano. Beto, o namorado atual de Thai, tinha ido à Porto Seguro com alguns amigos para jogar golfe. Thai tinha aproveitado a oportunidade para convidar Milla, sua amiga da universidade, para ficar durante o período de férias. Elas se mantiveram em contato, mas raramente se visitavam, então Thai estava ansiosa para revê-la. Milla morava nas fronteiras do Rio Grande do Sul com seus pais, mas havia encontrado um emprego em Florianópolis, por isso estava a 04 ou 06 horas de voo. No entanto. Ela chegou a Thai pouco depois das onze e meia, tendo tido uma viagem relativamente livre de problemas.

"Eu não trouxe uma garrafa de vinho ou chocolates ou flores", explicou Milla enquanto elas se abraçavam. "Eu tenho algo que eu acho que você vai gostar muito mais e que pode desfrutar com frequência". E com isso, ela entregou a Thai um DVD e um CD. "O último álbum de 6Hands e um DVD de sua turnê nos Estados Unidos". Eu sei o quanto você ama a música deles, especialmente suas canções mais recentes. Tem uma vibração mais Country e Western com a forma como as músicas contam uma história". Thai ficou entusiasmada. Ela planejava conseguir o CD na próxima semana e não sabia do DVD. "Tem 'Esperando por Mim'. Todos os seus CDs têm. Eu sei o quanto você gosta dessa música".

Thai nunca havia deixado transparecer que Ley havia escrito aquela canção para ela, nem jamais havia contado a ninguém sobre a maravilhosa noite que eles haviam compartilhado. Ela olhou a lista de canções, todas escritas por Ley Cooper. "Eu tive um sonho", "Perdido", Espaços vazios" e " Onde você está agora?" foram todos os sucessos número um. Em uma entrevista com um canal de TV antes do Natal passado, a entrevistadora comentou que elas pareciam ser sobre um amor perdido. "Havia uma pessoa em particular que os inspirou?" perguntou a entrevistadora. Ley havia respondido que sua inspiração vinha de múltiplas fontes, algumas de suas próprias experiências e algumas de experiências observadas de outras. Ele não seria desenhado a partir de suas próprias experiências. Thai estava certo de que "Esperando por mim" era sua própria experiência. Ele a havia chamado de "sua musa". Ela era a inspiração para outros? Ela tocou imediatamente o CD.

Mais tarde naquela manhã, Milla lhe disse que tinha uma fofoca maravilhosa. Thai ficou intrigada. "Lembra-se de André?" perguntou Milla. Claro que Thai o fez, e não com nenhuma lembrança agradável. "Bem", continuou Milla. "Ele se formou quase que de raspão, notas muito baixas, e só conseguiu isso por influência do pai da namorada". Mesmo assim, ele conseguiu seu emprego na empresa para a qual o pai de sua namorada trabalhava. Mas ele foi demitido depois de menos de quatro meses". Thai perguntou como Milla sabia de tudo isso.

"Por uma coincidência muito estranha". Meu primo veio para ficar conosco no final de março. Estávamos falando um dia sobre a vida na universidade e eu mencionei os bilhetes para o 6Hands. Quando expliquei como você conheceu a banda e que tinha visto André e sua namorada pouco antes de ver Ley Cooper, ele me parou e perguntou qual era o sobrenome de André. Quando eu lhe disse que era 'Martins', ele desatou a rir. Sem que eu soubesse, meu primo trabalhava para a mesma empresa e havia muita conversa indelicada entre os funcionários do escritório sobre esse André Martins que se gabava de ser próximo ao chefe e por isso esperava ser tratado com mais respeito. De qualquer forma, para resumir, André foi pego em flagrante na companhia de uma garota do contas a pagar e estavam em horário de trabalho. Ele foi demitido imediatamente por má conduta grosseira. Meu primo não sabe o que aconteceu com ele, mas sugeriu que ele não estaria recebendo uma boa referência".

Thai riu. "Você recebe o que merece no final, eu suponho", ela encolheu os ombros.

"E quanto a você?" perguntou Milla. "Você está recebendo o que merece?" Thai não tinha certeza de como responder a isto. O que ela merecia? Alguém que a amava; que a tratava bem e a fazia feliz? Beto a amava; ele lhe havia dito isso antes de ir para Porto Seguro. Ela não podia reclamar de como ele a tratava. Era consideravelmente melhor do que André tinha sido. E ela supunha que ele a fazia feliz - a maior parte do tempo. Mas ele não a excitava na cama como Ley a excitava. De vez em quando, ela ainda pensava naquela noite. Ela ainda podia se lembrar de cada toque; de cada beijo; e da maneira como ele fazia amor com ela. Era isso que ela merecia ou era algo que era uma experiência única e nunca repetida devido a um conjunto de circunstâncias que dificilmente se repetiriam? Será que ela teria que se contentar com a "média" ao invés da "superlativa"?

"Oh, estou muito contente", respondeu ela. "O que você lê nos romances nunca é verdade na vida real. Se ansiamos pelo sexo que as heroínas experimentam, estamos fadados a ficar desapontadas."

"Eu certamente não anseio pelo tipo de sexo sobre o qual você leu nos romances dos '50 Tons de Cinza', embora alguém com seus poderes de recuperação e resistência fosse uma boa mudança", Milla respondeu. "Agora, que tal almoçarmos?"

Milla se recolheu cedo naquela noite e Thai assistiu ao DVD. Ver Ley no palco novamente reacendeu as memórias de sua noite juntos. E vê-lo cantar ' Esperando por mim' causou arrepios em sua espinha. Ele estava cantando sobre uma mulher que lhe deu tudo e ele a deixou por uma vida melhor. Ele não tinha como entrar em contato com ela e se perguntou se ela ainda estaria esperando por ele em algum lugar. Ela certamente se entregou a ele e sentiu que ele havia se entregado a ela naquela noite. Ela não esperava que ele voltasse para ela e não, ela ainda não estava esperando por ele.

Enquanto ela observava, percebeu que Alexandre Ferrari, o baterista e Murilo Barros, o tecladista, eram convencionalmente mais bonitos do que Ley, mas foi Ley quem sempre fez seu pulso acelerar e a fez ficar com os joelhos bambos, mesmo antes 'daquela noite'. Além de cenas das próprias apresentações, também houve cenas no ônibus de turnê e momentos relaxantes, sendo eles apenas turistas. Em várias cenas, havia meninas em volta deles e os meninos estavam com os braços em volta de algumas meninas. Thai estava com ciúmes, mas ela sabia que não tinha o direito de ter. Ela era pouco mais do que uma das meninas. Era quase o que se esperava de boy bands - meninas se jogando contra os meninos e os meninos fazendo o que os meninos costumam fazer nessas circunstâncias. Ela se sentiu um pouco triste quando o DVD acabou e foi para a cama repetir em sua cabeça sua noite com Ley.

Qualquer um dormiu até tarde na manhã seguinte. Quando ela se juntou a Thai na cozinha para o café da manhã, sua primeira pergunta foi: "Como é morar com o chefe?"

"Bom", respondeu Thai. "Eu estava preocupado que estarmos juntos 24 horas por dia, 7 dias por semana, poderia ser um pouco sufocante, mas no trabalho ele é o profissional e o chefe, mas quando chegamos em casa ele é o amante."

"Você não está preocupado que, se algo der errado com seu trabalho ou relacionamento, o outro sofrerá automaticamente?"

"Eu dificilmente acho que isso é provável. Beto não é nada como André. Trabalhamos bem juntos no escritório e em casa. Se eu for honesta, e não digo nada a ninguém, Beto pode ser o escolhido. Eu sei que nós moramos juntos há apenas alguns meses, mas já sabemos o que o outro está pensando. Nós dois confiamos um no outro, então você não tem nada com que se preocupar. " Milla estava satisfeita por Thai estar confiante em seu relacionamento, embora a própria Milla nunca tivesse um relacionamento semelhante. Ela decidiu mudar de assunto.

CAPÍTULO 4

"É melhor estar triste com amor,
do que alegre sem ele."
Johann Goethe

Thai acordou depois de uma noite perturbada pela qual ela não podia discernir nenhuma razão. Ela sabia que tinha tido um sonho, mas não se lembrava de nada sobre ele. Olhando para seu telefone celular, que ela usou como relógio, ela descobriu que era 09:23, não muito tarde ou muito cedo para se levantar e começar outro domingo. Beto ainda estava dormindo ao lado dela. Decidindo levantar-se e fazer um café para os dois, ela escorregou em seu casaco e desceu as escadas. Enquanto a chaleira fervia, ela ligou a televisão na cozinha sem nenhum outro motivo a não ser para proporcionar algum barulho de fundo.

Levando as canecas de café de volta para cima, ela colocou o café de Beto sobre sua mesa de cabeceira e o acordou com um beijo. "Houve um tempo", ele sorriu para ela, "quando você me acordou com um boquete". Que tal um agora?" Ela puxou os lençóis de volta e o satisfez. Ela não esperava que ele retribuísse o favor, pois ele imediatamente puxou seus calções. Enquanto caminhava para o lado da cama, ela ligou a televisão. Estava quase na hora das notícias.

O primeiro item a chocou. Dois membros da 6Hands haviam morrido em um acidente de carro nas primeiras horas da manhã. "Por favor, não deixe que seja o Ley", ela implorou silenciosamente. O repórter da notícia continuou: 'Alexandre Ferrari e Murilo Barros foram declarados mortos no local junto com duas mulheres sem nome até o momento'. O carro deles havia batido em uma ponte fora de York. Nenhum outro veículo estava envolvido. Parecia que Ley Cooper tinha tido uma dor de cabeça depois da apresentação na noite anterior e tinha decidido ir direto para o hotel e dormir. Quando informado sobre o acidente, ele ficou devastado e se recusou a ser entrevistado novamente.

Thai ficou aliviada por Ley estar a salvo; graças a Deus por uma dor de cabeça. No entanto, ela chorou ao receber a notícia. "Sem dúvida eles estavam bêbados", comentou Beto. Ele nunca havia sido fã da banda e não conseguia entender por que Thai gostava tanto deles. "Por que as mulheres andam com pessoas como essas? Por que elas iriam querer ter sexo com estranhos? Elas são vadias; nada menos que prostitutas não remuneradas. Se você me perguntar, o mundo é um lugar melhor sem elas". Thai estava muito chateado para responder e não parecia que Beto precisasse de uma resposta.

A notícia passou para outras histórias, mas Thai não ouviu. Seu humor flutuou do desespero de que 6Hands não existia mais e o alívio de que Ley ainda estava vivo. Ele tinha sido o principal ou único compositor. Com sorte, ele iria conseguir seguir sozinho depois de ter se recuperado da morte de seus dois amigos de infância.

Foi alguns dias depois quando outro programa de notícias anunciou o resultado da autópsia. Alexandre, que estava dirigindo, estava quase quatro vezes acima do limite de bebida permitidos e também tinha cocaína em seu sangue. Murilo estava três vezes acima do limite e também tinha cocaína em seu sangue. Tanto as mulheres que morreram com eles, como as que eram da área de York, tinham níveis de álcool duas vezes acima do limite de bebida permitidos para condução. Houve comentários chorosos de membros da família das meninas, ambas descritas como "adoráveis, divertidas, amorosas e devotadas fãs da banda". Beto não sentiu simpatia por elas. "Para se divertir amando, leia vadias", ele não disse a ninguém em particular. "Elas provavelmente teriam tido alguma DST ou pior", continuou ele. "Quem sabe com quantas mulheres os homens tinham estado e com que doenças elas tinham apanhado e transmitido a outras garotas estúpidas".

Isso era algo com o qual Thai tinha que concordar. Depois de sua noite com Ley, ela teve medo de descobrir que havia sido infectada. Felizmente, os testes mostraram que ela estava limpa. Eles também mostraram que ela não estava grávida, outra preocupação que ela tinha tido apesar de terem usado contracepção.

Semanas após o acidente, e Ley ainda não havia feito nenhum anúncio público. Abundavam os rumores de que ele estava em reabilitação para ficar limpo do vício em álcool ou sexo, ou de ambos. Quando os jornalistas perguntaram ao gerente da banda onde ele estava, o gerente disse que não tinha idéia. Ley não atendia seu telefone; ele não estava com seus pais ou em nenhuma de suas casas conhecidas. O gerente alegou estar tão frustrado com a ausência e o silêncio de Ley quanto todos os outros.

CAPÍTULO 5

"O amor é como fogo:
para que dure é preciso alimentá-lo."
François La Rochefoucauld

    Era início de maio e se aproximava o vigésimo quinto aniversário de Thai. Beto estava de muito bom humor há quase dois meses, apesar de ter estado fora em várias reuniões de negócios secretas recentemente. Quando Thai perguntou o que o estava deixando tão feliz, ele respondeu que estava planejando algo realmente especial e que ela saberia tudo sobre isso na hora certa. E quando ele lhe disse que estava levando-a para comemorar seu aniversário, ela ficou entusiasmada. Isso deve significar que ele ia pedi-la em casamento no aniversário dela. Que romântico, pensou ela. E ela definitivamente diria "sim" quando ele perguntasse. Será que ele se ajoelharia? Ela esperava que sim e depois temia a idéia se estivesse em um lugar público. Ele havia lhe dito que eles iriam ao 'The Eagle', um restaurante de luxo, mas ela teria que fazer o seu próprio caminho até lá, já que ele tinha mais uma reunião de negócios para participar.

    Thai chegou faltando cinco minutos para oito. Ela nunca quis chegar atrasada para nada e tentou sempre chegar alguns minutos mais cedo. Beto já estava sentado à mesa, parecendo muito bonito em seu traje. Ele a cumprimentou com um sorriso, mas nenhum beijo. De alguma forma a tranquilizou de que não haveria nenhuma proposta pública. Ele provavelmente o faria quando retornassem a sua casa. Ela perguntou como foi a reunião.

Ele lhe disse para desfrutar primeiro da refeição; depois ele explicaria tudo.

Sentado em outra mesa em frente a Thai estava um homem de cabelos compridos, barba e óculos grossos. Ele estava bem-vestido e sozinho e não se interessava por nada ao seu redor. Ao sentar-se e saborear um conhaque depois da refeição, percebeu que a mulher duas mesas à sua frente estava gritando e chorando. "Por quê? Por que você está fazendo isso comigo?" gritou ela. O homem com ela parecia imperturbável. Na verdade, ele parecia estar sorrindo. O homem barbudo teve que passar pela mulher e seu companheiro para ir ao banheiro. No caminho de volta, o homem com a mulher estava se levantando para sair.

"Isso deve pagar a refeição e eu quero você fora de casa até domingo à noite", disse-lhe em voz alta enquanto jogava algumas notas sobre a mesa. Enquanto o homem barbudo se aproximava da mulher, ele parou de repente. Ele a reconheceu. Ele sentou-se na cadeira que o outro homem havia acabado de desocupar, "Thai? Taís de Souza? É você, não é? O que acabou de acontecer?" A mulher olhou para ele em como se visse um quadro em branco. Ela não o reconheceu e isso a deixou nervosa. "Você se lembra de 24 de fevereiro de 2012? O restaurante de DI VINO em Aracajú? Lembro-me vividamente de você". Demorou alguns segundos para Thai pensar por que a data deveria ser significativa. "Esperando por mim"?" acrescentou ele, esperando que isso lhe avivasse a memória. Ele ficou desapontado por ela parecer ter esquecido a noite que eles passaram juntos. Para ele, foi algo indelével gravado em sua memória. Quando ela se lembrou, ela olhou para o homem, mas não o reconheceu.

"Ley?", sussurrou ela. Ele sorriu e pegou a mão dela.

"Acho que precisamos conversar e não quero fazer isso aqui". Podemos ir dar uma volta?" Ela acenou com a cabeça. "Vou apenas pagar minha conta".

Ele pegou a mão dela e a guiou para fora do restaurante. Era uma noite quente e seca e eles caminharam em direção ao rio. "O que aconteceu lá atrás?", perguntou ele gentilmente.

"Fui abandonada e demitida ao mesmo tempo", disse ela com glamour. "De qualquer forma, onde você esteve e por que está disfarçado?"

"É uma longa história como, eu acho, é a sua". Ouvi o homem dizer que a quer fora de casa até domingo. Aonde você irá?" Thai não tinha idéia. "Estou hospedado em uma pequena cabana um pouco afastada, fora da cidade. Eu a tenho por mais seis semanas. Você é mais do que bem-vinda para ficar comigo. Sem compromisso. Há um segundo quarto. Eu serei um perfeito cavalheiro".

Thai ficou aliviada por não ter ficado sem teto, pelo menos por seis semanas. Ela precisaria procurar outro emprego, mas não esperava que Beto fornecesse uma referência luminosa. "Eu não quero voltar lá sozinha. Posso ficar em sua casa hoje à noite"? Ela não podia saber o quanto isso o deixava feliz.

"É claro. Você precisa obter alguma coisa da sua casa esta noite? Eu tenho um carro estacionado aqui perto e iria com você se isso a fizesse sentir-se mais segura".

"Obrigado. Acho que uma muda de roupa seria uma boa idéia. Se eu aparecesse amanhã usando as roupas em que estou agora, seria o mesmo que um passeio de vergonha, mas não seria, não é mesmo?" Ley balançou a cabeça e a guiou de volta ao seu carro. Se ela tivesse esperado não ser um carro de luxo, ela teria sido tristemente enganada. Ele apontou as chaves de seu carro à sua frente e as luzes piscaram em um pequeno carro de cerca de cinco anos de idade.

Quando ela havia coletado várias peças de roupa, artigos de banho e cosméticos, ele saiu da cidade para sua casa de campo. "Eu deveria ter levado minhas jóias", disse ela de repente. "Eu não a deixaria passar para ele pegá-la e vendê-la". Ley se perguntou se Beto realmente voltaria para casa antes que seu ultimato tivesse expirado. Thai não estava totalmente tranquila, mas concordou em ir buscar o resto de suas coisas mais cedo no dia seguinte. Ley ofereceu a ela um café ou um chá. Ele disse que isso a ajudava a dormir à noite. Thai aceitou.

"Minha história vai demorar muito tempo", disse-lhe Ley. "Talvez você devesse me contar a sua primeiro e eu lhe contarei a minha amanhã". Ela respirou fundo antes de começar.

"Eu me formei como esperado e me candidatei a vários empregos em todo o país. Eu não tinha nenhum desejo particular de estar em nenhum lugar específico". Eu tinha três ofertas de emprego, todas em cidades diferentes. Eu escolhi aqui porque gostava mais do homem que me entrevistou do que dos outros. Não é a melhor razão, eu sei, mas ele parecia realmente agradável, além de ser apenas cerca de cinco anos mais velho do que eu. Eu senti uma conexão imediata. E eu me encaixei no trabalho e gostei de trabalhar lá.

"Meu chefe, Beto, pedia frequentemente minha opinião e me fazia sentir valorizada. Meu ego foi estimulado, então quando ele sugeriu que saíssemos para um jantar em uma noite, eu fiquei mais do que feliz em concordar. Ele me lisonjeou e fez vários comentários sobre como eu era atraente".

"E assim ele deve fazer", interrompeu Ley. "Você é incrivelmente atraente". Ela olhou para ele com severidade. "Desculpe por interromper. Continue, por favor".

"Depois de mais alguns jantares ou depois de algumas bebidas após o trabalho, ele perguntou se eu gostaria de ver sua casa. Eu tinha ouvido falar sobre isso, mas nunca tinha estado lá. Escusado será dizer que o cômodo que ele realmente queria que eu visse era o quarto. Eu não fazia sexo com ninguém desde você e pensava "por que não?" Era melhor do que com meu namorado anterior, mas não era tão bom quanto tinha sido com você". Ley sorriu, mas não interrompeu.

"Após menos de seis meses ele sugeriu que eu fosse morar com ele. Eu estaria economizando no aluguel do lugar que tinha e não via nenhum problema". Ele era um amante atencioso; ele sempre se certificou que eu tivesse um orgasmo, mas apenas um por noite e principalmente com seus dedos". Ela olhava para Ley, lembrando-se da multidão de orgasmos que ele lhe havia dado que uma noite eles passavam juntos. Ele devolveu o sorriso dela, mas novamente não a interrompeu.

"A vida parecia boa, muito boa de fato". Quando ele me disse que ia me levar para sair hoje à noite para comemorar, eu estava convencido de que ele ia me propor e eu ia dizer 'sim'. Minha única preocupação era que ele pudesse fazer isso no restaurante na frente de todos e me envergonhar. Quando ele me disse que tinha uma surpresa, mas que iria guardá-la até que tivéssemos terminado nossas refeições, eu estava convencida de que era uma proposta e aliviei que ele não me envergonharia na frente de todos. E então ele me disse que havia vendido a empresa e que a nova proprietária não me queria. Eu estava desempregada. E então, para agravar minha miséria, ele disse que estava tendo um caso com a mulher que havia comprado a empresa e que ela se mudaria para sua casa na segunda-feira. Ele me largou e me demitiu em menos de dois minutos. Não havia nenhuma razão para ele estar insatisfeito comigo, a não ser que a outra mulher estivesse comprando seu negócio e exigisse que ele fizesse parte do negócio. Agora eu não tenho emprego e não tenho onde morar. Eu me sinto uma merda".

"Eu pareço ter o hábito de me intrometer em sua vida logo após você ter sido abandonada Thai. Espero poder fazer você se sentir melhor porque ele estava certo em um aspecto - você é incrivelmente atraente". Mesmo com lágrimas nos olhos, eu posso ver isso. Mas tenho que corrigi-la em um aspecto de sua história. Nós não fizemos sexo, nós fizemos amor. Eu pensei ter deixado isso claro e que havia uma grande diferença entre os dois. Agora acho que seria uma boa idéia dormir um pouco antes de começar a minha história".

"Posso dormir com você?" os olhos dela suplicando.

"Desde que isso seja tudo o que fazemos". Você precisa ouvir minha história antes de decidir se quer repetir nossa única noite juntos". Ficarei feliz em abraçá-la e mantê-la segura e quente, mas não haverá amor. Você promete?". Relutantemente, ela concordou. "Vou deixar você usar primeiro o banheiro.

CAPÍTULO 6

"Tudo o que sabemos do amor,
é que o amor é tudo que existe."
Emily Dickinson

Thai dormiu melhor naquela noite do que havia dormido por um longo tempo. Quando ela acordou, eram quase dez da manhã. Ley não estava mais ao lado dela, mas ela podia ouvi-lo na cozinha. Ela vagueou pela cozinha seguindo o cheiro do bacon cozido. Ele estava fazendo ovos mexidos, bacon e torradas - nada muito aventureiro, mas muito bem-vindo. "Chá ou café?", perguntou ele enquanto ela estava na entrada da cozinha. Ela escolheu café, puro, mas sem açúcar.

"O que eu quero lhe dizer é somente para seus ouvidos", disse-lhe ele. "Você precisa entender de onde venho antes de poder responder algumas perguntas que farei no final". Como está uma manhã tão agradável, devemos sentar-nos lá fora e comer e conversar". Há muito poucas chances de que alguém nos ouça".

"Fui criado em uma propriedade nos arredores de Vitória. Alexandre morava a algumas portas de distância e Murilo logo ao virar da esquina. Conhecemo-nos quase toda a vida e frequentamos a mesma escola primária e a mesma escola secundária. A mãe de Murilo era mãe solteira e ela ganhava a vida como professora de piano. É por isso que ele era um pianista tão bom. Na escola infantil tivemos aulas de música e Alexandre recebeu um tamborim e um tambor de bongo para tocar. Ele tinha um ritmo natural. Murilo, naturalmente, tocava piano. Deram-me o triângulo, mas era inútil, mas parecia que eu sabia cantar. No

Presépio, eu tinha que cantar um solo e adorava ficar de pé na frente de todos e cantar meu solo.

"Quando nos transferimos para a escola secundária, tivemos acesso a muitos outros instrumentos e Alexandre levou para o kit do tambor como um pato para a água. Tivemos um projeto em nosso segundo ano onde tivemos que nos reunir em pequenas equipes e compor e depois tocá-lo. Alexandre, Murilo e eu formamos uma equipe e nos recusamos a deixar qualquer outra pessoa participar. Essa foi a primeira vez que escrevi uma canção. Nós a chamávamos de "Pink and Blue" (Rosa e Azul), depois das cores do Espírito Santo. Com toda a honestidade, foi uma canção terrível, mas impressionou nosso professor de música. Nenhum de nós era academicamente dotado, portanto, receber elogios de um professor era especial.

"Após nossos exames de final de ano em nosso segundo ano, o professor de música nos perguntou se poderíamos tocar algumas músicas para o resto da classe. Aceitamos sem ter a menor idéia do que poderíamos tocar". Foi Murilo quem veio em nosso socorro. Sua mãe tinha várias folhas de músicas de sucesso recentes e escolhemos três para praticar e eventualmente tocar. As outras crianças ficaram entusiasmadas com nossa apresentação, assim como a professora. Durante as férias de verão, aprendemos mais meia dúzia de canções.

"Descobrimos também que éramos populares com muitas outras crianças da escola; especialmente tanto Alexandre como Murilo que haviam crescido e se tornado adolescentes bonitos. Eu só fui incluído no jogo da popularidade por causa da minha associação com os outros dois. Também era perceptível que havia muitas garotas que queriam sair conosco. As outras duas aproveitaram o interesse das garotas por elas e perderam sua virgindade logo após seus 14 anos de idade. Seria dois anos mais tarde antes que eu perdesse a minha".

"Mas você compensou desde então", sorriu Thai.

"Chegaremos a isso mais tarde. No ano seguinte, no colégio, deveria haver um concerto escolar pouco antes das férias de Natal. Recebemos duas vagas, uma antes do intervalo e outra antes do final do concerto. Ambos receberam um aplauso arrebatador. No Ano Novo, fomos convidados a tocar meia hora em uma festa de 16 anos para um dos irmãos mais velhos do outro garoto. Receberíamos algo em torno de R$ 100 Reais. Por essa apresentação, recebemos pedidos para tocar em outras festas. Nessa época, Alexandre já tinha seu próprio conjunto de bateria e Murilo tinha um teclado móvel. O pai do Alexandre nos transportou e garantiu que não bebêssemos álcool, ou pelo menos, não bebêssemos demais.

"Tanto Alexandre como Murilo tinham uma série de namoradas e frequentemente trocavam de namoradas. Nenhuma garota teve uma segunda chance. Se a garota não fazia sexo com eles, os meninos a abandonavam. Sempre parecia haver muito mais ansiedade para agradar a eles.

"À medida que fomos envelhecendo, começamos a receber pedidos do bar ou clube ímpar para tocar por uma hora ou mais. O pai do Alexandre agiu como nosso gerente e quando tínhamos dezesseis anos já podíamos ganhar R$ 300 por noite por uma hora de show. Foi por volta dessa hora que fomos convidados para atuar na festa de 17 anos de uma garota. Uma das canções que cantei foi uma da banda AeroSmith. Mais tarde naquela noite, Lara, a aniversariante convidou Alexandre para ir ao seu quarto. Eu sem saber de nada, Alexandre disse a ela que eu era virgem e nunca tinha recebido um boquete. Se ela corrigisse essas duas omissões em minha vida, o Alexandre iria se encontrar com ela no quarto mais tarde. De qualquer forma, para resumir uma longa história, ela se afastou de mim e perguntou se eu achava que ela tinha um belo corpo. Eu engoli e disse "sim". "Então, deixe-me segurá-lo contra você", ela sorriu sedutoramente e me convidou para o seu quarto, quase me arrastando com ela. Ela se despia mais rápido que eu sabia que uma garota podia se despir e, nua na minha frente, insistiu para que eu também me despisse. Eu não conseguia tirar os olhos dela e ela me despiu. Ela me disse que estava tomando a pílula e me convidou a tocá-la. Sendo eu um virgem, eu não sabia o que fazer, então ela me deu instruções. Felizmente eu aprendo rápido. Infelizmente, eu não durei muito. Como ela havia prometido a Alexandre que me faria um boquete, ela fez exatamente isso. E então ela disse que, como me chupou, eu deveria fazer o mesmo por ela.

"Mais uma vez, ela teve que me dar instruções e deve ter funcionado porque ela teve um orgasmo, ou pelo menos eu achei que sim. Por esta altura eu estava novamente duro, então ela decidiu que eu deveria ter outra oportunidade. E, mais uma vez, ela teve um orgasmo. Ela disse que tinha gostado de ser a minha primeira, mas ela tinha outra pessoa vindo logo, então eu tinha que me vestir rapidamente e partir. Presumi que o que um homem fazia com uma garota era o que um homem fazia, então eu o fazia toda vez que tinha uma garota. E porque eu tinha, de repente comecei a ter mais garotas me propondo. Comecei a conseguir que as garotas viessem até mim na escola se oferecendo. Algumas delas também tinham estado com Alexandre e Murilo e me disseram que nenhuma delas jamais tinha feito sexo com eles.

"Quando saímos da escola aos dezoito anos, já nos tínhamos formado oficialmente em um grupo chamado 'Vitória Magi'. Fizemos turnês principalmente no interior do Estado, às vezes tocando para públicos de duas ou trezentas pessoas. À medida que nos tornávamos mais populares e nosso nome mais conhecido, atraímos a atenção de alguns críticos de música nos jornais locais, que diziam que nosso nome era confuso e que deveríamos mudá-lo. Assim o fizemos. O pai de Alexandre sugeriu que nos tornássemos 'VixTrinity' porque Vix estava no código do aeroporto de onde vivíamos e éramos três. Tivemos esse nome por dois anos, mas não parecia que estivéssemos invadindo o grande momento. Ainda tocávamos principalmente covers de canções populares. Éramos bastante ecléticos em nossos estilos musicais, mas não tínhamos realmente desenvolvido nossas próprias canções.

"Após dois anos, decidimos que o pai de Alexandre não estava mais apto a ser nosso gerente. Depois de cada show quando ficamos longe de casa, ele escolheu a dedo meia dúzia de garotas para voltar ao nosso quarto para fazer sexo, só que ele insistiu que elas também fizeram sexo com ele. Então, um dia, quase nos encontramos em sérios problemas. Duas das garotas que ele escolheu uma noite eram gêmeas idênticas e tinham apenas quinze anos de idade. Se tivéssemos tido sexo com elas, poderíamos ter sido acusadas de estupro. O pai de Alexandre certamente teria sido acusado, mas nós tínhamos vinte e dois anos e provavelmente também teríamos sido acusados. As duas garotas fizeram uma confusão, mas insistimos que fossem para casa".

"Como você descobriu as idades das meninas?"

"Murilo e eu ouvimos as meninas dizerem a outra das meninas que tinham sido escolhidas para nós que seus pais tinham comprado os ingressos como um presente de pré-aniversário. Quando perguntadas quando faziam aniversário, elas declararam orgulhosamente que seria daqui a três dias e que fariam dezesseis anos. Para ser justo com o pai de Alexandre, elas pareciam mais velhas do que sua idade".

"Encontramos um novo gerente, Wagner, e ele nos disse imediatamente que precisávamos encontrar um novo nome. 'VixTrinity' soava muito como um grupo da igreja. Eu lhes disse como escolhemos 6Hands como nosso nome e nosso novo gerente gostou. Wagner também sugeriu que escrevêssemos e cantássemos mais de nossa própria música. A "doce menina " foi nossa primeira música do top 40. Ela chegou a 39, mas foi um progresso. Por trás disso, Wagner nos reservou em alguns locais maiores, mais distantes de nossa base. Como resultado, nossa popularidade cresceu. A segunda música a entrar no top 40 foi 'Curiosidade', que chegou a vinte e um. Depois de nosso primeiro top 10 - 'A diversão do mau comportamento' fomos agendados como ato de apoio para a mini turnê passando por Minas Gerais e Rio de Janeiro.

"Tenho todas essas músicas em CD", disse-lhe Thai.

"Eu nunca soube que você era tão fã".

"Tentei me convencer de que eu era sua doce petite, mas infelizmente não sou petite".

"Talvez não pequeno, mas muito doce, generosa e linda". Se eu a tivesse conhecido como a conheço agora quando escrevi a canção, poderia ter tido um título diferente". Thai realmente corou quando ele a chamou de linda. "Isso praticamente a atualiza até nos conhecermos pela primeira vez. Eu sinto a necessidade sair agora para um passeio. Vou continuar quando voltarmos. Você vem comigo?"

A dez minutos a pé de sua casa e eles estavam caminhando ao longo de um penhasco marítimo. O ar no topo das falésias era revigorante e a vista sobre uma praia quase deserta era espetacular. Thai ficou um pouco desapontado por ele não ter pegado na mão dela, mas a conversa foi fácil e ampla. Após uma hora eles pararam em um restaurante e comeram uma deliciosa torta caseira de carne com batatas de molho saboroso. Eles decidiram contra uma sobremesa, pois a refeição tinha sido recheada.

"Estou surpreso que ninguém o tenha reconhecido", comentou Thai enquanto eles caminhavam de volta ao longo do penhasco em direção à sua cabana.

"Bem, no início você também não o fez. Isso realmente me deixou muito aliviado. Eu ainda preciso de tempo para me recuperar da falta que me fazem o Alexandre e o Murilo, e principalmente de suas mortes e preciso de tempo para decidir o que fazer a seguir. Wagner está ansioso para que eu comece uma carreira solo, mas não tenho certeza se quero ir em turnês, ou apenas tocar em locais por diversão, pelo país sozinho. Pode ficar muito solitário. Oh, eu sei que logo teria muitos novos amigos, mas quão genuínos eles seriam? Wagner está sendo muito atencioso, permitindo-me todo o tempo que preciso para tomar uma decisão, mas não posso deixá-la por muito tempo".

"Será que Wagner sabe onde você está?" Thai perguntou.

"Não, mas conversamos ao telefone na maioria das semanas só para nos colocarmos em dia. Tenho um telefone novo e Wagner é a única pessoa que tem meu número. Peço-lhe que diga aos meus pais que estou bem, mas que preciso de privacidade. Ele diz que eles entendem e são gratos pelas minhas mensagens".

"Você deve ter ficado muito solitário desde o acidente. Como você lidou com isso?"

Ele explicou que tinha se mudado regularmente pelo país. Ele havia adotado o nome 'Dennis' ou 'Denny' e um sobrenome de 'Henley'. Inicialmente ele usava um disfarce para poder ir buscar comida e outros produtos necessários. Com o passar do tempo, ele deixou o cabelo crescer muito, deixou crescer a barba e perdeu peso, o que tornou seu rosto mais fino. Lentes de contato coloridas e óculos escuros haviam ajudado ainda mais no seu disfarce. Ele havia se mudado para sua casa de campo atual há duas semanas e havia alugado por dois meses. Grande parte de seu tempo foi gasto caminhando pela costa e pelos penhascos. Ele falou com pessoas que conheceu, mas ninguém havia contestado sua identidade. No entanto, ele tinha que admitir que se sentia só. Essa foi uma das razões pelas quais ele tinha saído para uma refeição na noite anterior. Sempre parecia haver alguém no bar depois que estava pronto para conversar enquanto ele escutava. Foi o destino que o colocou no lugar certo, na hora certa, para ver Thai. Ele a havia notado enquanto ela entrava no restaurante e não resistiu a ver se ela o reconhecia. No início, ela parecia feliz e ele se sentiu feliz por ela, embora desejasse poder conversar com ela algum dia. Ele pouco se deu conta do quanto a noite dela iria mudar e de como ele viria em seu socorro.

Antes de voltar para sua casa de campo, eles recolheram o resto das coisas de Thai de sua antiga casa. Quando chegaram de volta à sua cabana, ele foi buscar uma cerveja para ambos e se preparou para continuar sua história.

CAPÍTULO 7

"Amor são duas solidões
protegendo-se uma à outra."
Rainer Maria Rilke

"Naquela noite, quando te conheci, estava atrasado ajudando um velho amigo, Paulo, a comemorar seu aniversário. Eu estava no palco quando ele tinha sua festa oficial. Eu só conhecia o Paulo, os outros eram seus amigos e ele queria impressioná-los mostrando como ele era próximo de mim. Quando te vi, sabia que você era diferente. Por um lado, eu sabia que você me reconhecia, mas não agia como se eu fosse de outro planeta, como muitas garotas fazem. Você foi eficiente, muito educada e agiu profissionalmente. Além disso, senti que havia algo triste que você estava escondendo muito bem. Não conseguia tirar os olhos de você. Achei você muito atraente, mas você parecia não saber disso. Por algum motivo, muitas garotas que conheço querem ir para a cama comigo para que possam se gabar de que transaram com Ley Cooper. Não você, e isso me fez querer você mais do que qualquer outra garota que conheci. Eu sabia que não queria apenas sexo; queria algo significativo; algo que eu nunca tive antes. Eu queria fazer amor com você. Eu queria que você aproveitasse essa experiência e não estaria se gabando disso depois. Eu estava certo, não estava? "

"Nunca contei a ninguém, nem mesmo à minha melhor amiga e conto quase tudo a ela. Ela me perguntou abertamente se eu tinha dormido com você e odiei mentir para ela quando neguei."

"Essa foi a primeira e única noite em que eu realmente gostei de sexo. Digo sexo porque nunca fiz amor com ninguém antes ou depois. Você se entregou totalmente a mim. Você nunca me pediu nada e pensei que tinha gostado da experiência também."

"Eu ainda repasso aquela noite em meus sonhos," ela disse a ele sonhadora. "Ninguém faz amor como você. Você me estragou para os outros homens."

"E você me estragou para as outras mulheres. Eu disse que tive uma ideia para uma música chamada 'Esperando por mim'. Na época, achei que seria um trocadilho levemente irreverente por você ser uma garçonete que atendia por mim. Mas, à medida que eu desenvolvia a canção em minha cabeça, comecei a ter uma ideia diferente. Como eu disse, foi o melhor sexo que já tive e ainda assim eu estava deixando você para trás. Eu queria te encontrar de novo e esperava que você estivesse esperando para mim quando te reencontrasse. Infelizmente, não te encontrei até ontem à noite. Você ficou em meus pensamentos. 'Eu tive um sonho', 'Perdido', 'Espaços vazios' e 'Onde você está agora?' foram todas escritas pensando em você. Não importa com quantas garotas eu estava, e tenho vergonha de haver centenas, eu continuava voltando para você.

"Fui entrevistado uma vez e perguntei se havia alguém de quem eu estava sentindo falta que inspirou essas músicas. Eu neguei, é claro. Se eu tivesse dito alguma coisa, eles poderiam ter perseguido você e achei que você não iria querer isso. De qualquer forma, eu pensei que você provavelmente tivesse mudado desde então. Alguém tão bonita quanto você quase certamente teria arrebatado. Vamos seguir em frente. Fizemos uma turnê fantástica por todo o mundo e descobrimos que as garotas em todos os países não eram diferentes das brasileiras. Elas estavam todos mais do que felizes por fazer sexo conosco e consideraram que tinham sorte de ter feito isso.

"Ainda pensava em você e comecei a me desiludir com todo esse sexo sem sentido. Comecei a reclamar de dores de cabeça e fui para o meu próprio quarto descansar, mas era realmente para pensar em você. 'Onde você está agora?' foi eu admitir para mim mesmo que não tinha ideia de onde você estava e nenhum meio de descobrir. Era quase uma canção de desespero. Outra coisa que cortei foi a bebida e as drogas. Na verdade, eu havia cortado completamente as drogas da minha vida quando Alexandre e Murilo foram mortos naquele maldito acidente. Mais uma vez, fingi estar com dor de cabeça e fui para o meu quarto. Não tenho ideia de porque eles estavam na estrada. Eles estavam loucos; tinham que estar. E por que com as duas garotas que morreram também? Eles estavam levando as garotas de volta para suas casas em algum ato cavalheiresco equivocado?

"De qualquer forma, a morte deles me devastou. Eu os conhecia desde os quatro anos. Não queria ser entrevistado e fazer perguntas que não queria responder. Perguntas que não podia responder. Eu queria rastejar para longe e me esconder até que a história daquelas mortes fosse substituída por outra manchete. Wagner foi brilhante. Nas primeiras semanas, ele me escondeu, me mudando a cada dois ou três dias e obtendo novas roupas e itens para ajudar a me disfarçar. E então eu saí sozinho, ficando em lugares pouco fora do caminho. Felizmente, ninguém me reconheceu. E ainda mais feliz, acabei aqui no mesmo restaurante em que você estava, e exatamente na hora em que você foi despejada da vida de alguém pela segunda vez.

"Agora que você ouviu minha história, com verrugas e tudo, preciso fazer algumas perguntas. Você está ciente do grande número de mulheres com quem fiz sexo, mas posso garantir que não houve nenhuma desde Alexandre e Murilo morreram. Também posso garantir que você é a única pessoa com quem fiz amor. Adoraria fazer amor com você de novo, mas não quero ficar uma noite só. Você estaria disposta a ignorar minha vida anterior e permitir-me fazer amor com você de novo?"

"O que você está perguntando? Você quer dizer por alguns dias, uma semana, um mês ou o quê?" A ideia de fazer amor com ele novamente era atraente, extremamente, mas a ideia de que duraria apenas por um curto período de tempo a estava assombrando. Ela seria capaz de ir embora depois de experimentá-lo novamente? Ela seria capaz de se levantar e encontrar outra pessoa? Ela precisava que ele fosse específico.

"Já disse que Wagner quer que eu vá sozinho. Acho que também gostaria, mas sei que ficaria sozinho. Gostaria de ter alguém para me fazer companhia. É pedir muito, mas gostaria que essa pessoa fosse você. Não por algumas semanas, mas a longo prazo. Já disse que penso em você com frequência e que sonho com você. O que não admiti porque não queria assustar você é que eu te amo. Você pode pensar que eu não posso ser essa pessoa, mas eu tenho você em minha mente e em meu coração desde a primeira vez que te vi. Por favor? Por favor, seja aquele que me trará de volta à vida normal. "

Thai estava pasma. "Eu preciso pensar sobre isso", ela sussurrou para ele. "Não é algo que eu já considerei. Desejei que você fizesse amor comigo novamente desde aquela noite, mas nunca sonhei que seria possível. Eu preciso ficar sozinha por um tempo. Você pode me levar a Cidade?"

"Você não precisa ir. Vou pegar o carro e deixar você até o quê? Oito horas? Vou buscar algo para comermos. Chinesa? Indiana? Pizza? Você escolhe. E se não tiver tomado uma decisão depois de comermos, você pode dormir no quarto de hóspedes e eu vou deixá-la novamente amanhã para lhe dar mais tempo. Você pode aceitar isso? "

"Acho que sim. E eu vou querer uma pizza, quente e picante." Ele acenou com a cabeça e saiu.

Assim que Thai ficou sozinha, ela ligou para Milla. Seu telefone tocou várias vezes antes de ela atender. "Você nunca vai acreditar no que aconteceu. Você está sentada?" Ela então explicou as ações de Beto na noite anterior, conhecer Ley e não reconhecê-lo e depois dormir com ele, mas sem ter nenhum tipo de atividade sexual. Milla não ficou tão surpresa com o comportamento de Beto. Ela disse a Thai que sempre tivera dúvidas sobre ele. Mas ela ficou chocada que Ley testemunhou e estupefata por ela ter dormido com ele e nada acontecer. Thai explicou que foi por insistência de Ley que ela deveria saber tudo sobre ele antes que repetissem a noite anterior juntos. Com isso, Milla disse que estava realmente chateada por Thai ter mentido para ela. Ela se acalmou um pouco quando Thai explicou que ela não disse nada porque foi uma noite só, no que lhe dizia respeito e ela não queria que a história fosse divulgada e sendo perseguida pela imprensa.

"Agora, a parte realmente interessante e a razão pela qual eu liguei é que estou desesperadamente precisando de seus conselhos. E o que estou prestes a dizer é apenas para seus ouvidos e para mais ninguém. Você promete? " Milla fez sua promessa solene. "Ley quer ter uma carreira solo, mas diz que se sentiria sozinho viajando pelo mundo sozinho, então quer que eu vá com ele; para lhe fazer companhia à noite. E outras vezes."

"Você acabou de dizer que Ley Cooper quer que você saia em turnê com ele? E quer fazer sexo com você? Por que você quer meu conselho, garota?"

"Ele insiste que não é sexo. Será fazer amor e posso dizer que foi fantástico. Mas estarei aos olhos do público. Terei minha foto nos jornais, talvez até na televisão. Milla, eu não tenho certeza se posso lidar com tudo isso. É por isso que preciso do seu conselho. "

"Escute amiga, você não tem emprego; não tem onde morar e um dos homens mais gostosos do planeta quer fazer amor com você. Você gostou da última vez que passou a noite com ele, que você descreve como fantástica, então estou esquecendo de mais alguma coisa? "

"Quando você diz assim, não. Exceto por estar sob os olhos do público."

"Vocês terão pessoas que podem ajudá-los com isso", Milla interrompeu. "E, de qualquer maneira, você não acha que está sendo um tanto egoísta?"

"Por que?" Thai não podia acreditar que sua melhor amiga a acusaria de ser egoísta.

"Porque se você estiver com ele, poderá conseguir ingressos para a primeira fila de graça." Milla riu e Thai riu com ela.

"Para que servem os amigos? Você me dá conselhos grátis e eu consigo ingressos grátis. Parece um bom negócio, exceto que você terá que pagar suas próprias passagens para chegar aonde quer que estejamos."

"Mas você vai conseguir uma acomodação para mim, certo? Eu posso querer viajar para o exterior." Milla parecia séria.

"Sem promessas."

"Certo, quando ele voltar, diga a ele que você só concordará se ele me arranjar um quarto também, onde quer que você esteja. Diga a ele que eu te persuadi e que mereço ser recompensada." Com isso como sua exigência final, elas encerraram a ligação.

CAPÍTULO 8

"O amor é um mistério sem fim,
já que não há nada que o explique."
Rabindranath Tagore

"É seguro para mim entrar?" Ley sorriu enquanto abria a porta e metia a cabeça para dentro. "Tenho pizza como pedido e insisti em jalapenos extras para você".

"Podemos comer primeiro antes de eu dizer o que decidi?" Thai parecia séria e Ley se sentiu nervoso. Ele concordou e eles se sentaram e comeram suas pizzas e beberam uma cerveja.

"Liguei para minha amiga Milla enquanto você estava fora e lhe contei tudo, inclusive nossa primeira noite juntos e como dormimos castamente juntos ontem à noite. Eu também lhe disse o que você queria de mim. Disse-lhe que estou preocupada em estar aos olhos do público; em jornais, revistas e até mesmo na televisão".

"Wagner tem uma equipe que pode treiná-la com tudo isso", interrompeu Ley.

"Isso foi o que Milla disse. Ela me aconselhou a aceitar sob duas condições". Ela levantou a sobrancelha.

"Qualquer coisa. Eu farei qualquer coisa se você concordar".

"Bem, a Milla disse que ao me convencer a concordar, ela deveria ser recompensada. Ela quer vir e assistir a alguns shows e quer lugares gratuitos na primeira fila".

"Aceito".

"E ela quer que você providencie um quarto gratuito se ela tiver que passar a noite. Essas são as condições dela".

"E se eu concordar, você vai concordar?"

"Oh e eu também tenho uma condição. Você não fará sexo com nenhuma fã ou groupies".

"Por que eu iria querer fazer sexo com alguém quando tenho uma esposa com quem posso fazer amor a qualquer momento que eu quiser? E vou querer muito".

"Uau! O que você acabou de dizer?" Ele queria que ela fosse sua uma esposa agora mesmo? Eles mal se conheciam.

"Ah, esse tipo de coisa escapou. Você não foi a única que pensou profundamente durante as últimas horas. Eu queria discutir isso com você primeiro porque poderia haver um problema". Ela levantou as sobrancelhas, incitando-o a continuar. "Ao longo dos anos, houve três mulheres que afirmaram que eu era pai de seus filhos. Os testes de DNA desmentiram a todos. Mais importante ainda, passei por uma série de exames médicos e eles mostraram que eu não poderia ter sido pai de seus filhos, nem de nenhum filho. Parece que tenho uma contagem muito baixa de espermatozoides e as chances de ter filhos são pequenas ou nulas. Você precisava saber estas informações antes de eu discutir um possível casamento com você. Pelo que eu sei, você quer desesperadamente ter filhos e não poderia tolerar o casamento com alguém que não pudesse ser o pai deles. Sinto muito ter dito o que fiz. Eu estava expressando meus próprios desejos sem

WESLEY COSTA – ESPERANDO POR MIM

considerar os seus. Por favor, você pode esquecer minha declaração presunçosa"?

"É bastante difícil esquecer algo assim; ou ignorá-lo". E sim, eu gostaria de ter uma família em algum momento. Eu concordei em estar com você durante sua turnê. Isso deve ser um teste muito bom para saber se podemos viver juntos. Vamos ver como lidamos com isso. Talvez daqui a um ano ou dois, se você se sentir da mesma maneira, você pode perguntar corretamente e não presumir nada. E eu terei tempo para decidir o quanto as crianças são importantes para o meu futuro. Uma coisa de que tenho certeza agora é que quando e se eu me casar, quero que seja com meu homem para sempre. Já tive meu coração partido duas vezes, e isso é duas vezes demais".

"Às vezes esqueço o quanto sou sortudo por ter encontrado alguém que não só é bonita e inteligente, mas que me enfrentará e me baterá de volta. Essa é uma das coisas que eu amo em você. Estou autorizado a ligar para Wagner e dizer-lhe que estou pronto para começar uma carreira solo com você ao meu lado"? Ele falou com um brilho nos olhos e um sorriso tão largo quanto o canal em seu rosto.

"Posso passar alguns dias sozinha com você antes de você voltar a ser o ídolo das incalculáveis mulheres"? Ela também estava sorrindo para avisá-lo que queria estar com ele. "Você prometeu fazer amor comigo e eu não quero um homem que não cumpra suas promessas".

"Você é minha sereia e minha musa". Vou dizer ao Wagner que voltarei ao trabalho em uma semana. Antes disso, espero desgastar você e mantê-la satisfeita. E te dar múltiplos orgasmos a cada dia".

"Então, vá lá. E eu direi a Milla e me certificarei de que ela mantenha tudo em segredo até que você queira deixar o mundo entrar em nosso novo acordo".

Naquela noite ele manteve sua promessa de dar-lhe múltiplos orgasmos e mantê-la satisfeita. Ela dormiu pacificamente novamente, envolta em seus braços. E quando ela acordou, ele fez uma repetição da apresentação antes de tomarem banho e tomar o café da manhã. Ela estava no céu, mas exausta.

Enquanto eles lavavam a louça, o celular de Ley tocou. "Esse será Wagner. Ninguém mais tem este número". Quando ele terminou a ligação, olhou nervoso para ela. "Wagner quer vir e conhecer a mulher que cativou meu coração". Está bem assim?" Ela perguntou quando ele queria conhecê-la. "Em cerca de uma hora e meia". Quando eu lhe disse onde eu estava, ele disse que estava a caminho. Ele está absolutamente emocionado por você ter me ajudado a tomar o que ele diz ser a decisão correta". Espero que você não esteja muito chateada".

"Suponho que isso tinha que acontecer em breve". Vou precisar de algum treinamento de relações públicas antes de ser lançada como a mulher que vai partir tantos corações". Além disso, acho que preciso descansar um pouco antes de você fazer amor comigo novamente".

"Oh, com certeza", ele riu. "É melhor deixar o lugar um pouco mais apresentável e talvez precisemos comprar mais comida".

"Por que eu não arrumo tudo e você vai buscar a comida? Vou me certificar de que o quarto de hóspedes seja arejado. Presumo que ele passará a noite aqui".

Antes do retorno de Ley, houve uma batida na porta. O homem à porta era curto e roliço, mas bem-vestido. "Eu sou Wagner Holland. O Ley está?" Thai balançou a cabeça. "E você, eu presumo, é Thai? Posso ver por que Ley caiu tão forte de quatro por você". Thai o convidou para entrar e lhe ofereceu uma bebida. Ele aceitou uma cerveja. "Não sei como lhe agradecer por convencê-lo a retomar sua carreira musical". Ele tem um talento supremo que o mundo precisa ouvir". É uma pena o que aconteceu com os outros dois, mas, com toda honestidade, ele os carregou desde que assumi a direção e provavelmente desde que começaram a gerenciá-los. Acho que ele poderia ser ainda maior como artista solo".

A porta da casa de campo se abriu e entrou um homem que Wagner não reconheceu. "Oh, você tem companhia. Você vai nos apresentar?" Ley perguntou com um piscar de olhos a Thai. Ele queria ver se Wagner o reconhecia.

"Ley? É você? Reconheço a voz, mas não o rosto", respondeu Wagner, confuso.

"Oi, Wagner", riu Ley. "Agora você pode ver como eu fiquei debaixo do radar por tanto tempo". Quando você acha que eu deveria sair do esconderijo?"

"Eu gostaria de revelá-lo aos seus fãs na próxima segunda-feira à noite. Aonde? Onde eu puder ter uma arena suficientemente grande. Começarei imediatamente a elevar as dicas e expectativas. Sugiro que você mantenha seu disfarce até o início da manhã de segunda-feira. Não queremos estragar a surpresa, não é mesmo? Terei alguém pronto às 9:00 da manhã para raptá-lo e cortar seu cabelo. E eu terei alguém para Thai fazer o cabelo dela. Quero que o mundo saiba não apenas que você vai começar uma carreira solo, mas que encontrou o amor de sua vida. Não vou revelar nada sobre Thai antes de apresentá-la aos seus fãs. E terei um discurso para você explicar o papel de Thai em seu retorno e como inspiração para tantas de suas canções. Agora, Thai, entendo que você esteja nervosa em ser revelada como parceira de Ley. Isso é normal. Gostaria de ter um treinador de relações públicas aqui na quarta-feira para começar a construir sua confiança. Está bem assim?"

Thai olhou para Ley que acenou com a cabeça. "Quanto tempo eles vão precisar ficar?"

"Será uma senhora e ela precisará trabalhar com você todos os dias até segunda-feira e depois provavelmente uma vez por semana durante os próximos meses". Mas ela permanecerá na cidade, de modo que ela estará à sua disposição". Será necessário que todos vocês saiam para as refeições só para que vocês estejam acostumados a estar em público com ele. Essa é uma das razões pelas quais quero que vocês mantenham seu disfarce", acenou ele para Ley. "Enquanto você estiver com a senhora das relações públicas, eu estarei discutindo planos com Ley. Coisas como: ele tem preferência por quem vai tocar na banda de apoio? Onde você estará baseado e que músicas ele cantará? Agora, presumo que haja um hotel decente na cidade. Deixe-me reservar um quarto e depois levarei vocês dois a jantar fora".

"As pessoas não vão reconhecê-lo?" perguntou Thai.

"Provavelmente, mas eles não reconhecerão Ley. Agora, onde eu deveria ficar?"

CAPÍTULO 9

"Nada é tão bom como o amor,
nem tão verdadeiro como o sofrimento."
Alfred de Musset

Ana Paula era uma mulher alta, magra e elegante em seus cinquenta e poucos anos de idade, com cabelos prateados. Ela respirava confiança e garantiu a Thai que também ela poderia ter confiança em público. Quase suas primeiras palavras para Thai foram: "Você não pode ter confiança se se sentir inferior às pessoas ao seu redor e a primeira coisa que as pessoas verão é o que você está vestindo". Não tenho nenhum desejo de criticar sua escolha de roupas, pois imagino que você terá se vestido com um orçamento. No entanto, vou levá-la às compras de um novo guarda-roupa para que você se sinta confiante". Thai argumentou que não podia pagar um novo guarda-roupa; que ela não tinha emprego. Ana Paula lhe disse que o Sr. Cooper havia autorizado qualquer despesa que Ana Paula considerasse necessária e que ele havia antecipado sua discussão sobre não ter emprego. Ele havia dito que o trabalho de Thai era apoiá-lo e que não queria que ela se sentisse culpada pelas despesas. Ele podia arcar com isso e com Thai ao seu lado, ele sabia que seria um investimento sábio.

Ana Paula a levou para São Paulo e entrou em lojas que Thai conhecia pelo nome, mas nunca havia pensado que ela entraria. Ana Paula selecionou as roupas que Thai deveria ter e Thai teve que admitir que Ana Paula tinha um gosto impecável. Ela tinha cinco novos vestidos ou combinações, nenhum dos quais custava menos de R$15.000, mais três casacos para condições climáticas diferentes. Ela também comprou roupas íntimas novas, sapatos novos e loções e cremes novos. Thai ficou surpresa quando Ana Paula insistiu em um perfume em particular porque era um dos favoritos de Ley. Vários pares de sapatos a 5.000 Reais por par foram adicionados à crescente lista de compras. Ana Paula até insistiu em roupas de noite, embora Thai tivesse medo de lhe dizer que ela nunca usava nada quando estava com Ley. Finalmente, eles voltaram à cabana de Ley onde Ana Paula insistiu que Thai fizesse uma transformação usando um dos trajes e simplesmente ela o surpreendeu.

"Não achei que você pudesse ficar mais bonita do que quando a vi na semana passada", disse Ley enquanto Thai saía do quarto de hóspedes com a roupa que ela mais gostou dentre todas as que compraram. "Mas eu estava errado. Você é deslumbrante". Custe o que custar, valeu a pena". Obrigado Ana Paula".

O resto da semana foi dedicada a mostrar a Thai que ela era tão glamorosa e disposta como outras pessoas que ela encontraria. Thai aprendeu como respirar para controlar seus nervos; como cumprimentar dignitários de vários tipos, como saber que utensílios comer quando jantava fora e como ficar de pé quando em funções especiais. E quando faziam suas refeições noturnas, Thai vestia um de seus novos trajes, só para que ela pudesse se sentir confortável neles.

Ley também estava ocupado. Uma pequena banda de apoio havia sido selecionada e Wagner havia persuadido Ley a cantar alguns de seus sucessos na revelação de segunda-feira. Ley escolheu 'Esperando por Mim' e 'Onde você está agora', pois ambos haviam sido inspirados por Thai. Ele ensaiou as duas canções para convencer Wagner de que tinha feito as escolhas certas.

E à noite, quando tanto Wagner quanto Ana Paula tinham voltado para seu hotel, Ley fez amor com Thai com uma paixão que ele nunca havia conhecido antes.

No domingo à tarde, eles fizeram algumas malas para sua viagem a São Paulo, onde a carreira solo de Ley deveria ser revelada.

CAPÍTULO 10

*"Os melhores momentos do amor
são aqueles de uma serena e doce melancolia,
em que choras sem saber por que,
e quase aceitas tranquilamente
uma desventura que não conheces."*
Giacomo Leopardi

O local escolhido estava lotado tanto de ventiladores quanto de imprensa. As informações antecipadas haviam apenas declarado que Ley Cooper sairia do esconderijo auto imposto e desejava fazer um anúncio importante. É claro que havia especulações de que ele estava indo sozinho ou tinha encontrado substitutos para os dois membros da banda desaparecidos. Wagner tinha sido muito duro e todos os outros envolvidos tinham assinado acordos de não-divulgação.

Wagner começou por rever a história dos 6Hands e o infeliz acidente com Alexandre e Murilo. Ele omitiu os detalhes de seu nível de álcool e drogas e também das duas meninas que também perderam suas vidas. Ele abordou brevemente o desaparecimento de Ley, mas disse que Ley falaria mais sobre isso. E então ele apresentou Ley. Houve aplausos arrebatadores enquanto ele subia ao palco. Thai ficou de pé nas asas, nervosa observando-o. Ele parecia totalmente diferente do homem com quem ela havia passado a última semana. A barba e os cabelos compridos tinham ido embora. Agora ele se parecia muito com o Ley que ela havia conhecido pela primeira vez há mais de três anos. E ele estava vestido com suas calças de couro preto e camisa preta. Ele estava lindo, disse Thai a si mesma. Então Ley falou.

"Após o acidente de Alexandre e Murilo, eu precisava desesperadamente ficar sozinho. Eles tinham sido meus amigos desde antes de começarmos a escola juntos. Eu não sabia como poderia viver sem eles". Às vezes eu também queria morrer. Eu sabia que se eu ficasse por perto, me perguntariam constantemente como estava me sentindo e o que iria fazer a seguir. Então, consegui um disfarce, adotei um novo nome e fui me esconder. Raramente fiquei em um lugar por mais de dois dias. Gradualmente, meu cabelo crescia e também crescia uma grande barba peluda. Eu me chamava Dennis Henley, ou Denny às vezes. Sentia-me sozinho e, muitas vezes, saía para conhecer pessoas. Posso até ter conhecido alguns de vocês. Fiquei aliviado por ninguém me reconhecer.

"Ninguém sabia onde eu estava. Até mesmo Wagner, meu gerente, não tinha idéia, embora eu mantivesse contato com ele regularmente através de um telefone descartável. Wagner continuava me pedindo para retomar minha carreira, seja como artista solo ou formando uma nova banda. Eu estava muito deprimido para considerar isso até uma coincidência improvável dez dias atrás. Mas primeiro tenho que voltar a mais de três anos atrás.

"Foi durante a turnê do 6Hands pelo Nordeste que paramos em uma determinada cidade, Aracajú. Na sexta-feira à noite fui sair para uma refeição com alguns amigos, embora não com Alexandre ou Murilo. A garçonete que nos serviu me reconheceu imediatamente, mas não me bajulou. Ela era bonita, inteligente, eficiente e, acima de tudo, respeitosa. Estava acostumada com garotas que se atiravam a mim, mas esta jovem me tratava exatamente como ela tratava todos os outros comensais que servia. Ela me impressionou de. Uma tal maneira que eu só muito tempo mais tarde percebi completamente. Além de vê-la no show na noite seguinte - eu lhe havia dado os ingressos como gorjeta pelo excelente tratamento que tínhamos recebido - eu nunca mais a vi. Como mencionei, ela causou uma impressão em mim. Eu não conseguia tirar a imagem dela da minha mente. Ela foi a musa que me levou a escrever 'Esperando por mim', 'Eu tinha um sonho', 'Perdido', 'Espaços vazios' e 'Onde você está agora? Parece incrível agora que eu nunca tentei encontrá-la, e não encontrei. Ela tinha dito que era uma estudante de último ano e não tinha idéia de onde iria acabar trabalhando se viria para São Paulo, ou para qualquer outro lugar desse País. Isso e muita coisa acontecia em minha vida naquela época eram minhas desculpas.

"Há cerca de um mês atrás, eu estava cansado de me mudar e sabia que meu disfarce estava funcionando, então aluguei uma casa de campo por alguns meses. Eu vagueava pelos penhascos e desfrutava do ar do mar". Comia na cidade e conversava com as pessoas sobre uma série de assuntos. Nem uma vez eu falava sobre os 6Hands ou música rock. Há dez dias eu estava em um restaurante onde nunca havia estado antes. Sentada a uma mesa a não três metros de mim estava uma jovem que reconheci como a garçonete de três anos atrás. Ela ainda era tão bonita, se não mais. Eu estava muito contente. Ou eu teria ficado se ela não estivesse com outro homem. Parecia-me que a conversa deles era feliz e talvez íntima, embora eu não conseguisse ouvir o que era dito. Meus olhos estavam constantemente atraídos pelo rosto desta linda e jovem mulher, mas era óbvio que ela não me reconhecia.

"Eu precisava fazer uma visita aos toalete e no caminho de volta notei um comportamento muito diferente entre o casal. O homem ficou de pé e jogou algumas notas sobre a mesa. Desta vez sua voz foi levantada e eu ouvi o que foi dito. "Isso deve pagar a refeição e eu quero você fora de minha casa até domingo à noite, o mais tardar". Não quero ver ou ouvir de você novamente". Depois ele saiu do restaurante, deixando a jovem mulher em lágrimas. Sentei-me em frente a ela e falei com ela pelo nome. Era óbvio que ela não sabia quem era o estranho que falava com ela. Eu mencionei algo para ela que só ela e eu sabíamos e a balança caiu de seus olhos. Nós precisávamos conversar, mas não no restaurante. Caminhamos e conversamos por cerca de meia hora. O homem tinha sido seu patrão e seu parceiro. Ele a demitira e a jogara fora de sua vida, em público, no espaço de menos de um minuto. Naturalmente, ela estava perturbada. Como ela não tinha emprego e não tinha onde morar, ofereci-lhe o quarto vago em minha casa de campo.

"Aquela jovem e linda mulher me persuadiu de que eu deveria retomar minha carreira. Ela me apoiou, me encorajou e me deu um motivo para voltar ao mundo novamente". Ela tinha sido a razão de muitas das minhas canções de sucesso sem mesmo saber. Encontra-la novamente me fez perceber o quanto eu sentia falta dela; o quanto eu precisava dela.

"Hoje quero anunciar duas coisas: primeiro, vou começar uma carreira solo. Já estou planejando algumas músicas novas, ambas inspiradas por esta mulher notável. E em segundo lugar, quero anunciar que esta linda mulher concordou em estar comigo, manter-me seguro e são, e me amar onde quer que eu vá. Senhoras e senhores, apresento a própria, o amor da minha vida, Taís de Souza". Houve muitos aplausos e fotografias com lanternas enquanto Thai se juntava a Ley o palco. Ele colocou seu braço em volta dela, beijou-a rapidamente nos lábios e sussurrou para ela: "Você está linda. Eles vão te amar".

Várias pessoas gritavam da plateia para dizer algumas palavras. Com o incentivo de Ley, ela falou. "Tenho certeza de que muitas meninas sonham em se apaixonar por uma estrela do rock. Eu não sonhava. Eu tinha uma carreira empresarial pela qual ansiava; uma carreira que eu esperava que me trouxesse satisfação intelectual e talvez uma boa renda. Quando conheci Ley três anos atrás, tudo o que vi foi um homem agradável, conversador, que estava desfrutando de uma refeição com amigos. Ele era por acaso uma estrela do rock. Quando ele me deu uma dica quando eles estavam saindo, ele me disse duas coisas. Ele me disse que haveria dois ingressos para a noite seguinte na bilheteria em meu nome. A outra coisa que ele me disse foi que ia escrever uma canção para mim para lembrá-lo da garçonete. Ele disse que seria "Esperando por mim". Ninguém mais estava por perto quando ele disse estas duas coisas para que ninguém ouvisse o que ele tinha dito. O que ele me disse quando se sentou na minha frente foi: "Esperando por mim". Então eu sabia que era o Ley. Quando ouvi pela primeira vez a música que Ley tinha escrito "Esperando por mim", não era o que eu esperava. Não era um trocadilho ruim para o meu trabalho de garçonete, mas eu adorava. Eu não tinha dito ao Ley que era fã da banda no restaurante, mas eu era e sempre fui. Quando pude ver e aprender sobre o homem e não sobre a estrela do rock, percebi que havia muito o que amar nele. Eu sei que ele será uma estrela como artista solo. Aprenderei a amar o astro do rock também. Obrigado". Tinha sido um discurso bem ensaiado, mas foi um sucesso.

Mais pessoas fizeram perguntas, muitas delas para Thai, mas Ley se recusou a deixá-la responder a qualquer uma delas. Ele mesmo respondeu várias, e depois disse que queria cantar duas canções com a mulher que as inspirou a seu lado. "'À minha espera' foi a primeira canção inspirada por Thai. No início não percebi a impressão que ela causou em mim, mas não consegui esquecer sua beleza. E 'Onde você está agora?' foi a última canção que ela me inspirou antes de nos encontrarmos finalmente de novo". No final dessa canção, ele a tomou nos braços e disse a todos que agora sabia onde ela estava e estava determinado a que ela ficasse ao seu lado.

EPÍLOGO

"O amor não tem idade;
está sempre a nascer."
Blaise Pascal

2 anos depois.

Os últimos dois anos haviam sido agitados. Ley tinha escrito várias músicas novas e lançado seu primeiro álbum solo, "Voar para longe daqui" que foi um sucesso instantâneo. Quatro das canções do álbum já haviam sido os dez maiores sucessos no Brasil, Estados Unidos, Reino Unido e em três países continentais. Uma grande turnê tinha sido construída apressadamente cobrindo o Reino Unido, França, Bélgica, Holanda e Itália, assim como Estados Unidos da América, Canadá, Austrália e Nova Zelândia.

Thai havia assumido a responsabilidade pelo merchandising. Seu diploma em Administração de Empresas tinha se mostrado extremamente útil. Agora, tendo concluído o último trabalho na cidade onde se conheceram pela primeira vez, Thai decidiu que Ley precisava de um relaxamento bem-merecido. A festa após o show tinha sido uma ocasião alegre e cansativa. Thai e Ley foram para a cama até tarde e dormiram bem até a manhã seguinte.

"Acho que ambos merecemos umas boas férias longas", disse Thai a ele quando ambos estavam acordados. "Precisamos estar longe das distrações e dos paparazzi". Ley concordou. Ele faria qualquer coisa por esta mulher que lhe havia dado a coragem e o incentivo para sair de seu exílio autoimposto e embarcar em uma carreira solo. E ele sabia que não poderia ter feito a viagem sem o apoio e o amor óbvio dela por ele. Ele também sabia que deixaria os preparativos para as férias para ela. Ela era uma organizadora com a qual ele sabia que poderia contar.

"Acho que gostaria de convidar meus pais e os seus também". Eu conheci seus pais e você conheceu os meus, mas nunca passamos tempo com os dois conjuntos juntos. Eu gostaria de fazer isso". Ley achou que seria um toque adorável que ele estava certo de que os pais iriam apreciar.

"É claro, eles teriam que assinar os NDAs. Não queremos que as pessoas descubram onde estaremos". Afinal, isso é parte da razão de estarmos indo embora. E eu acho que seria sábio se eles deixassem saber que estavam indo de férias para um lugar completamente diferente para nós e um para o outro. Se eles fossem embora ao mesmo tempo para o mesmo lugar, as pessoas poderiam colocar 2 e 2 juntos e suspeitar que iriam nos encontrar em algum lugar e segui-los".

"Vejo que você pensou um pouco nisso", sorriu ele. "Então, para onde estamos indo?"

"Isso é um segredo. Se eu lhe dissesse, você poderia deixar escapar e ficaríamos inundados de repórteres". Ela sorriu para ele. "Mas tenho certeza que você vai gostar. Ah, e eu gostaria de convidar Milla e seu atual namorado. Mais NDAs, é claro. Como você se lembra, foi Milla quem me convenceu a me envolver com você. Será uma espécie de agradecimento a ela".

"Portanto, será uma grande festa nas férias. Isso é tudo ou você estava pensando em convidar mais alguém"? Ele tinha uma suspeita de que ela não tinha terminado sua lista, mas não conseguia pensar em mais ninguém que ela pudesse convidar.

"Bem, agora que você fala nisso, por que não convida Wagner? Ele tem estado mais envolvido em sua carreira do que qualquer outra pessoa. Você não acha que ele também precisa de umas férias?"

"Este está se tornando um feriado muito caro", riu ele. "Presumo que você espera que eu pague por todos".

"Eu não valho a pena?" ela perguntou, levantando uma sobrancelha.

"Cada centavo. Agora, quando e para onde você quer que vamos?"

"Dentro de duas semanas. Os outros poderão se juntar a nós uma semana ou mais tarde". Ela fez uma pausa antes de acrescentar: "Suponho que também devemos convidar a Ana Paula".

"Por que Ana Paula? Pensei que a idéia era ir a algum lugar onde não houvesse repórteres? Então por que precisamos de um guru de relações públicas"?

"Acho que precisaremos dos conhecimentos dela quando a história se desvendar".

"Que história?" Ele estava ficando desconfiado de que ela não estava lhe contando a história toda. Ela sorriu.

"Você ainda não resolveu isso? E talvez você queira convidar uma outra pessoa". Sim, ela definitivamente estava planejando algo que ainda não lhe havia contado.

"Não faço a menor idéia. E por que eu gostaria de convidar alguém que você ainda não tenha mencionado"?

"Estou me lembrando de uma declaração que você fez pouco depois de eu ter concordado em se juntar a você nesta parte de sua carreira". Uma declaração à qual eu me opus na época e pela qual você se desculpou. Tocou alguma campainha?" Ele lutou para se lembrar de tão longe, mas lentamente um sorriso começou a se espalhar pelo seu rosto.

"E agora você está retirando sua objeção?" Seu rosto se iluminou enquanto ela acenava com a cabeça entusiasmada.

"Decidi que estar com você o tempo todo é mais importante para mim do que ter filhos". Eu sempre quis meus pais no meu casamento e esperava que você também quisesse seus pais lá". Milla será minha dama de honra". Então, quem será seu padrinho?". Ele não respondeu, mas a varreu para os braços dele, abraçou-a e a beijou apaixonadamente.

"Você me fez o homem mais feliz do mundo. Alguma das pessoas que você convidou sabe disso"?

"Falei com todos eles sobre as férias, mas ninguém sabe nada sobre o casamento. Eles já assinaram os NDAs. E eles não saberão até que se encontrem conosco em uma pequena ilha privada do Caribe que será exclusivamente nossa durante um mês". Além disso, nenhum deles sabe para onde irão. Meus pais estão indo para a Espanha por alguns dias. Seus pais estão indo para a Grécia e Milla e seu namorado estão indo para Paris. Desses lugares, cada um deles terá um vôo para uma ilha caribenha diferente, de onde conseguirão um barco rápido para nossa ilha. Nem mesmo Wagner sabe para onde estamos indo, mas ele nos seguirá uma semana depois junto com Ana Paula. Eles também assinaram NDAs, embora eu confiasse neles de qualquer forma. Eles voarão para os EUA, depois para uma ilha caribenha e finalmente de barco para nossa ilha. Eles chegarão alguns dias antes dos outros. Agora, que tal um padrinho de casamento"?

Ley pensou sobre isso por alguns minutos antes de decidir que Wagner seria sua escolha. Wagner tinha estado próximo de Ley por cinco anos, mais próximo do que qualquer outro homem.

"Estou me lembrando de algo também. 24 de fevereiro de 2012. É uma noite que nunca vou esquecer ou querer esquecer", Ley a segurou firmemente ao seu corpo. "Acho que isto exige uma repetição daquela noite, mas com duas grandes diferenças".

"Oh, e quais são eles?" Thai perguntou com um brilho no olho. Ela também se lembrou daquela noite com o maior prazer.

"Em primeiro lugar, começará muito antes das 11:15 da noite - começará pela manhã, definitivamente não vou dizer adeus a vocês. Serei seu para o resto da minha vida".

"Eu gosto disso. Parece um título para uma canção - 'For Evermore'", Thai o beijou apaixonadamente. Eles só haviam acordado recentemente, mas seria um longo dia e uma longa noite de prazer".

LETRAS DE 6Hands - Song Lyrics

"Sucesso é a soma de pequenos esforços,
repetidos o tempo todo"
Robert Collier

Esperando por mim

Ela era tão especial; ela era única
Ela era a forte; eu era o fraco
Ela me fez feliz quando eu estava triste
Ela era a boa; eu era mau

Eu não me importava quando chegava tarde para um encontro
Eu sabia que ela estaria lá, eu sabia que ela iria esperar
Esperando por mim, sempre esperando por mim

Ela estaria esperando por mim, sempre esperando por mim.

Ela era tão especial; ela era a melhor
Então por que eu a tratei pior do que os outros?
Outras garotas não significavam absolutamente nada
Exceto para o meu ego sempre que eles chamavam
Eu desapareceria por um dia ou três
Ela sabia que eu voltaria; ela estaria esperando por mim

Ela não queria dinheiro; ela não queria fama
Eu nunca perguntei se ela queria meu nome
Eu era tão arrogante, tão imaturo
Ela nunca me deixaria, eu estava tão certo
O que quer que eu fiz, eu tinha certeza de que ela seria
Para sempre ao meu lado ou esperando por mim

Tarde demais, percebi que ela queria respeito.
Mas tudo o que eu tinha oferecido era negligência constante
Um dia eu voltei, mas ela não estava lá
Procurei e mergulhei em meu profundo desespero.
Ela não estava esperando por mim; não estava mais esperando por mim
Não esperando por mim; não esperando por mim

Eu tinha um sonho

Eu tinha um sonho que envelhecemos juntos
Teríamos uma vida plena e irrepreensível
E, nesse sonho, tínhamos uma família perfeita
Com você, minha querida, minha esposa perfeita
Eu sonhei que tínhamos dois meninos e depois duas meninas.
Os meninos cresceram altos e bonitos,
As meninas tinham caracóis dourados

Eu a vi em uma cadeira de balanço
Seu rosto um sorriso constante
Sua felicidade que o mundo pôde ver
De muitos quilômetros de distância
Nossa casa era como uma caixa de chocolate
O jardim arrumado; flores brilhantes
E quando a luz do dia desapareceu
Um milhão de estrelas iluminaram a noite

Eu tinha um sonho que os dias eram quentes e brilhantes

Mas os sonhos são apenas fantasias
Quando acordei, a realidade era dura
Com frio amargo e céu de chumbo
A vida doía; meu coração estava cheio de dor
Por que você partiu? Por que você partiu?
Você voltará a me amar?

∝

Perdido

Eu fiquei hipnotizado por você
Eu estava bêbado com seus encantos
Estupefato, confuso, confuso
E perdido em seus braços

A vida era simplesmente perfeita

Cada dia era divino
Sabendo que eu te amava
E que você era minha

O mundo inteiro pôde ver
O quanto você me amava
Mas uma mulher simplesmente não era suficiente
Eu enganei e menti
Seu amor por mim morreu
A vida sem você é solitária e dura

Eu te amei e perdi
O sol se transformou em geada
As noites eram amargas e frias
Eu te amei e perdi
Eu sei que ao meu custo
Eu saberei até envelhecer

Lamento o que fiz
Pois você foi a única
Que eu sei agora com toda certeza
Não cometa meu erro
Dê mais do que você recebe
Seja fiel e verdadeiro, não como eu

∝

Onde você está agora?

Você teve meu amor; eu pensei que me amava
Mas agora você já se foi; onde você pode estar?
Seu perfume se prolonga
Como você escapou por entre meus dedos?
Como posso ter entendido mal
Quando eu pensava que éramos tão bons?
Onde você está agora, meu amor? Onde você está agora?
Onde você está agora, meu amor? Onde você está agora?

Um momento em que você está aqui
A próxima vez que você desaparece
E tudo o que você deixou foi uma pequena nota
"Não me procure" foi tudo o que você escreveu.
Por que você foi? Eu te amava tanto
Aonde você foi? Para onde você foi?
Onde você está agora, meu amor? Onde você está agora?
Onde você está agora, meu amor? Onde você está agora?

Eu a procurei; perguntei a seus amigos
Minha falta nunca termina
Você não deixou pistas; como eu poderia perder
O amor que eu pensava ser meu
Onde você está agora, meu amor? Onde você está agora?
Onde você está agora, meu amor? Onde você está agora?

∞

<u>Espaços vazios</u>

Há um espaço vazio na mesa
Há um espaço vazio em meu coração
Não importa o quanto eu tente
Eu não consigo entender por que estamos separados

Apesar de brindarmos aos amigos ausentes
A dor nunca acaba

Enquanto os espaços vazios permanecem
Você é a única coisa que me falta
Por favor, você não vai voltar
E promete não sair novamente

Lembre-se de nosso Natal do ano passado
A diversão, os presentes que compartilhamos
Nossos entes queridos e familiares todos próximos
Quando ambos sabíamos que nos preocupávamos

Agora brindamos aos amigos ausentes
Mas a dor nunca acaba
Enquanto os espaços vazios permanecem
Você é a única coisa que me falta
Por favor, você não voltará
E promete não sair novamente

Se você encontrou alguém novo
Ele nunca poderá amá-la
Por mais que eu faça
Se ele alguma vez for falso
Há aqui uma cadeira para você
Preencher o espaço em meu coração também

Ainda brindaremos aos amigos ausentes
Embora a dor nunca termine
Enquanto os espaços vazios permanecem
Você é a única coisa que me falta
Por favor, você não vai voltar
E promete não sair novamente

Em algum lugar

Em algum lugar uma borboleta bate suas asas
E no caos da minha vida
Encontrei um amor divino
Em algum lugar, uma cotovia canta ascendente
A alegria do amor que ele encontrou
E levanta este meu coração

Uma vez que o caos e o desespero ainda reinava
A música se acendeu, a musa partiu
De alguma forma nos conhecemos, meu amor desencadeou
E liberou o momento em que começamos

Alguns onde um coro de anjos canta
Em algum lugar o sol ainda brilha
Sol e chuva nova vida trará
E levante este meu coração

Seu sorriso é mais quente que o sol

Suas gargalhadas afastam as nuvens
Seus beijos dizem que você é o único
Para sempre, sempre e por um dia

Em algum lugar eu sabia que meu amor estava escondido
A que eu sabia que me tornaria inteiro
Agora você está comigo e está guiando
Minha vida, meu amor e sempre minha alma.

∝

<u>Voar para longe daqui</u>

Você tem de encontrar um modo
Sim, não posso esperar outro dia
E nada vai mudar
Se ficarmos aqui
Tenho de fazer o que for necessário

Pois está tudo em nossas mãos
Todos nós cometemos erros
Mas nunca é tarde demais para começar de novo
Para respirar de novo
E dizer mais uma prece

E voar para longe daqui
Qualquer lugar
Sim, não me importa
Iremos simplesmente voar pra longe daqui
Nossas esperanças e sonhos
Estão em algum lugar por aí
Não vou permitir que o tempo nos deixe para trás
Simplesmente voaremos

Se esta vida
Ficar ainda mais difícil
Não vai ficar, deixe para lá
Você me tem ao seu lado
E a qualquer momento que queira (voe, voe, voe)
Sim, podemos pegar um trem e achar um lugar melhor
Sim, pois não vamos deixar nada
Ou ninguém nos pôr para baixo
Talvez eu e você
Possamos fazer as malas e ir para o céu

E voar para longe daqui
Qualquer lugar
Sim, não me importa
Iremos simplesmente voar pra longe daqui
· Nossas esperanças e sonhos
Estão em algum lugar por aí

Você vê um céu azul agora?
Você pode ter uma jornada melhor agora

Abra os seus olhos

Pois ninguém aqui pode nos impedir
Podem até tentar mas não vamos deixar
De jeito nenhum

Talvez eu e você
Possamos fazer as malas e dizer adeus

E voar para longe daqui

Nossas esperanças e sonhos
Estão em algum lugar por aí
Voe para longe daqui
Sim, qualquer lugar
Agora querida, eu nao me importo
Sim, vamos só voar

Simplesmente voaremos (para longe)

O que poderia ter sido amor

Acordo e me pergunto como tudo deu errado
Sou o único culpado?
Desisti e deixei você para pegar um trem sem destino
Agora esse trem chegou e partiu
Fecho meus olhos e vejo você deitada na minha cama
E ainda sonho com aquele dia

O que poderia ter sido amor
Deveria ter sido a única coisa destinada a acontecer
Eu não sabia, não pude ver o que estava na minha frente
E agora que estou sozinho
Tudo o que tenho é o vazio que vem com a liberdade
O que poderia ter sido amor nunca será

Um velho amigo me disse que você encontrou alguém novo
Oh, finalmente você está seguindo em frente
Você pensa que eu teria te esquecido depois de tantos anos
Sim, mas o tempo provou outra coisa

Porque eu ainda estou esperando

O que poderia ter sido amor
Deveria ter sido a única coisa destinada a acontecer
Eu não sabia, não pude ver o que estava na minha frente
E agora que estou sozinho
Tudo o que tenho é o vazio que vem com a liberdade
O que poderia ter sido amor nunca será

Nós nos separamos
Digo adeus a outro dia
Ainda me pergunto onde está você
Você está longe demais para voltar atrás?
Você estava me escapando por meus dedos e não entendi

O que poderia ter sido amor
Deveria ter sido a única coisa destinada a acontecer
Eu não sabia, não pude ver o que estava na minha frente
E agora que estou sozinho
Tudo o que tenho é o vazio que vem com a liberdade
O que poderia ter sido amor nunca será

O que poderia ter sido amor nunca será

O que poderia ter sido amor
O que poderia ter sido amor
O que poderia ter sido amor
O que poderia ter sido amor

∝

Incrível

Eu deixei as pessoas certas de fora
E deixei as pessoas erradas dentro
Havia um anjo de misericórdia
para ver todos os meus pecados
Houve tempos em minha vida
Em que eu estava ficando louco
Tentando superar
A dor
Quando eu perdi o meu controle
E atingi o chão
Sim, eu pensei que pudesse partir
mas não pude sair pela porta
Eu estava tão doente e cansado
De viver uma mentira
Eu desejava que eu
Viesse a morrer

(refrão)
Sim, é incrível
Num piscar de olhos você finalmente vê a luz
Sim, é incrível
Quando chega o momento, você sabe que vai dar certo
Sim, é incrível
Estou fazendo uma oração
para os corações desesperados esta noite

Aquele último tiro são umas férias permanentes
E quão alto você pode voar com asas quebradas?
A vida é uma jornada, não um destino
E eu não posso dizer nem o que o amanhã trará

Você tem que aprender a engatinhar
Antes de aprender a caminhar
Mas eu simplesmente não conseguia ouvir
toda aquela conversa verdadeira
Eu estava nas ruas
Só tentando sobreviver
Rendido para permanecer vivo

(refrão)
Sim, é incrível
Num piscar de olhos você finalmente vê a luz
Sim, é incrível
Quando chega o momento, você sabe que vai dar certo
Sim, é incrível
Estou fazendo uma oração
para os corações desesperados esta noite

Made in the USA
Columbia, SC
20 July 2023

20655027R00052